「おにいちゃん、おいしいね!」
今日出された料理は狩ってきた肉に
この村特産のチーズ、
そしてこちらが提供した
シャルちゃん特製の素で作ったスープだ。

猫族の姉妹
とある場所でシュウたちと出会う。
両親を亡くしている。
コボルトたち
犬そっくりのモンスター。
子供と大人がおり、クルスになつく。
クルスくん
シュウの個性的な友人で、
狼族。

シュウ
異世界の孤児院に転生した
元日本人。
神様にもらった「テイマー」能力
はじめ、数々のスキルと
アイデアを持つ。
妹ちゃん
孤児院における
シュウの妹分。
いつも天真爛漫な
猫人（ねこびと）族。

『おさかな－！』
どれか欲しいのがあった？
『……これ』

VOL.3
Author
安藤正樹
Illustration
イシバシヨウスケ
KOJIIN TAMER
孤児院テイマー

口絵・本文イラスト　イシバシヨウスケ

CONTENTS

…… 005

第１章　チーズ作り …… 029

第２章　コボルトの集落 …… 061

第３章　森のくまさん …… 075

第４章　初めての旅 …… 093

第５章　隣町 …… 117

第６章　王都 …… 133

第７章　港町と猫 …… 158

第８章　ロッククラブとシーキャット …… 178

第９章　行商人の村 …… 198

第10章　新しい孤児院!? …… 219

第11章　準備と修行 …… 244

第12章　ひとときの休息

★★★ an orphanage & a gifted tamer ★★★

「ふむ、なかなか美味《うま》いのぅ」

「暑い日や特訓の後にはいいかもな」

「あったかいほうがおいしいよ……？」

俺《おれ》は作ったばかりの冷蔵庫をさっそく使い、飲み物を冷やしてみた。ひとまず味見として、それらをおじいさん達《たち》に飲んでもらった。ちなみに他《ほか》の子はミルクだが、おじいさんには葡萄《ぶどう》酒《しゅ》だ。ミルク以外でも色々試《ため》してみたいからね。

「これは他の酒も試してみるのが楽しみじゃ！」

日本でも大抵《たいてい》のお酒は冷やしていたので、やってみて正解だったようだ。しかし、この世界にはあまりお酒の種類は無いので、冷やせる物は少ない。狙《ねら》い目《め》はエール辺りか？

本題のミルクだが、これには賛否両論、というか好《す》き嫌《きら》いが出た。まぁ冷たい飲み物に慣れていないのもあるとは思うのだが、妹ちゃんを筆頭に、孤児院《こじいん》の子供達は、ホットミルクがお気に入りなのが原因かもしれない。その後、冷たいミルクでお腹《なか》を壊《こわ》す子が何人か出たので、ミルクを冷やすのは保存するときだけになってしまった。

「この魔道具《まどうぐ》は売らんのか？」

ひとまず冷蔵庫自体はうまく機能したので、いくつか形を変えて作っているうち、おじいさんから質問された。

「う～ん、正直あんまり売れないかと……。孤児院でも使い道が限定されてるし……」

「里の者からの評判はいいんじゃがのう……」

シャルちゃんにも試してもらったのだが、やはりミルクやお肉を冷やす位にしか、冷蔵庫は使われなかった。やはり、孤児院にはほかに、特に冷やすものが無いのが原因だと思うのだが……。

逆に、冷酒を喜んだおじいさんは、いくつかの冷蔵庫を、お酒と一緒《いっしょ》に他の龍《りゅう》に渡《わた》したそうだ。そのなかでも冷えたエールや葡萄酒は評判だとか。ついでに蒸留酒に氷を入れて飲んでみるよう助言したら、それも気に入ってもらえたようだ。

ちなみに龍達《たち》にとっては、氷については、自分達で作った方が早いし楽だったようだ。

そもそも、俺の冷蔵庫自体は、簡素な箱に、氷を作る魔道具と風を出す魔道具を合わせただけの簡単な物だ。構造を単純にしたのは、冷気自体を出す魔道具よりも簡単に作れるからで、つまりは「電気冷蔵庫が発明される前の冷蔵庫」に近いと言えるだろう。

「美味《おい》しい～」

「冷たいね！」

「あ、頭が痛い……」

冷蔵庫自体はあまり評判が良くなかったので、氷の魔道具を作ったついでにかき氷を作ってみた。シロップが無いので果汁《かじゅう》やハチミツをかけてみたのだが、思ったよりも評判は良かったようだ。ただクルスくんをはじめ、男の子数名は早食いをして頭を痛めていたようだが……。

さらに、子供達向けにアイスクリームにも挑戦《ちょうせん》してみた。ミルクに卵、砂糖……は無いからハチミツで代用。ハチミツを入れると固まらないかもしれないので、まずシンプルなアイスクリームを作ってから、上からかけることを考えた。

ただ、もちろん実際に作るのはシャルちゃん達にお任せだ。知識としては知っているが、俺自身はアイスクリームを作ったことなんてないから、細かい工程までは再現できないしね。それに、きっとシャルちゃん達なら、アイスクリームだけでなく、ついでに何か新しい物を作ってくれるかもしれないと期待したのだ。

「なあ、氷の魔道具って高いのか？」

魔道具作りをしていると冒険者《ぼうけんしゃ》組から質問された。

「ん〜、どうだろう？　作りとしては、火や水が氷に変わっただけだから、安いとは思うけど……」

「なら俺達《おれたち》にも作ってくれるか？」

どうやら冒険者組は氷の魔道具を森で使いたいらしい。使い道は夏場に肉を冷やすためだとか。確かに夏は肉が傷《いた》むのが早いよね。

「シュウがいるときはいいけど、いないときは、肉を十分に持って帰れなくて、もったいないって思ってたんだよ。魔法《まほう》の鞄《かばん》も、生肉をたくさん入れるわけにもいかなかったし」

確かにもっともだ。今は肉の需要《じゅよう》が増えているからなぁ。まぁ、氷の魔道具の希少性はわからんが、何か問題になったら、壊すなり解体するなりすればいいだけなので、そのうち、冒険者組に氷の魔道具を作ることにしよう。


今日は屋台で新しいスープのお披露目《ひろめ》をしていた。スープというよりクリームシチューのようなものだが、これを思いついたのには理由がある。

それは、牧場の順調ぶりだ。牧場は従魔達《じゅうまたち》に予想以上に好評で、どれも順調にその数を増やしていった。ビッグコッコは今まで以上のペースで卵を産み、ミルホーンも数頭が子牛を産んだ。正直ビッグコッコもミルホーンもメスだけなのでどうやって産むのか、どんなペースで産むのかは謎《なぞ》だが……まあ、この環境《かんきょう》だと卵や子供を産みやすいと思ってくれているようなので、深くは考えないことにしておく。

そうそう、ステップホースの子供も無事に産まれ今では元気に走り回っている。もしかする

「これはこれで美味いな」

「いつもと違《ちが》って辛《から》くないな」

「あら、これは優《やさ》しい味ね」

と出産ブームは子馬の影響《えいきょう》もあるかもしれない。その証拠《しょうこ》に新しくきたステップホース達にもすぐに子供が出来ていた。

で、ビッグコッコやミルホーンが増えるということは、当然卵やミルクの量も増えるということだ。卵は、焼いたりスープに入れて煮《に》たり、ゆで卵にしたりと調理法のバリエーションも多く、十分《じゅうぶん》に消費できたのだが、さすがにミルクは皆《みな》でも飲みきれない量になっていた。そうなると加工品、バターやチーズ、ヨーグルトなどを作りたくなってくる。バターは昔、実験教室で作ったことがあるので、ミルクを革袋《かわぶくろ》に入れフリフリと振《ふ》り回《まわ》して作ってみた。特に味付けなどはしていなかったが、元々のミルクが良いせいか、なかなか美味いバターが完成した。その後、孤児院の子供達が面白《おもしろ》がって手伝ってくれたので、バターはさらに大量に作ることに成功した。なお、チーズは保存食というか携帯食《けいたいしょく》として冒険者がよく持ち歩いているので、どこかから作り方を聞ければと思っている。

それでも余るミルクをどうしようか悩《なや》んでいたところ、料理組がスープを作っているのをみてクリームシチューを思い付いたのだ。

さっそくシャルちゃんに相談し、完成させてもらったクリームシチューを屋台で売ってみたのだが、反応は賛否両論だった。

「これならうちの子供でも食べられそうね」
「俺はいつもの辛いスープのが好きだな」
「これはどっちも捨てがたいな」

最終的には女性や子供にはクリームシチューが、成人男性にはカレーが人気だった。カレーに甘口《あまくち》があればまた違った結果になったかもしれないが、こればかりはしょうがない。リンゴとハチミツを入れれば甘《あま》くなるかな？

そもそもクリームシチューは実験的に、少しだけ持ってきたのだが……瞬《またた》く間《ま》に売り切れてしまったのは予想外だった。食べられなかった人達から催促《さいそく》される位には評判は良かったので、次回からはもう少し持ってこようと思う。料理担当の孤児《こじ》仲間、いわゆる料理組次第《しだい》ではあるのだが、今後二種類を同時に売るのか、一日置きに交替《こうたい》で売るのかなども考えた方がいいかもしれないなぁ。

何はともあれ、クリームシチューの初登場ということで久しぶりに屋台に来たのだが、一際《ひときわ》人が集まっている所があった。それはリンちゃんの所だ。リンちゃんは、覚えた力で、最初は冒険者達《ぼうけんしゃたち》の怪我《けが》を治していたのだが、そのなかから「ついでに、持病の腕《うで》の痛みがなくなった」だの「同時に膝《ひざ》の古傷の痛みがひいた」だのと言い出す者が出てきたのだ。それを聞いたおばちゃん達が挑戦したところ、今度は「肩《かた》こりが治った」「腰痛《ようつう》が治まった」と評判になり、今では、おじいちゃんおばあちゃん達の依頼《いらい》がひっきりなしにくるようになった。

そのおじいちゃんおばあちゃん達も、最初はリンちゃんがゴブリンということで怖《こわ》がってはいたのだが、今ではまるで孫のように接してくれているのだ。

やがて夕方になると、おじいちゃんおばあちゃん達は家に帰り、代わりに冒険者達がリンちゃんに殺到《さっとう》する。ほぼ無料で治療《ちりょう》してもらえるからだ。今現在、薬等は品不足で、値上がりしていて回復手段が貴重になっているからね。その為、回復魔法が使えるリンちゃんは引っ張りだこなのだ。もちろん値段が安いのはリンちゃんの訓練を兼《か》ねているためで、皆には事前に伝えてある。

そのため、完全に治らなかったからといって文句を言う人はいない。というかリンちゃんが治せないような大怪我をしてる人は、そもそも来なかったんだけど。

冒険者達も最初は敬遠していたが、慣れてくるとまず、女性冒険者達がリンちゃんを可愛《かわい》がり始めた。自分達が使っていたアクセサリーや服などで着《き》せ替《か》えごっこまで始めて、まるでリンちゃんで遊んでいるようだ。

まぁ、仲良くしてくれるのは良いんだけど、ゴブリンは一応モンスターではあるんだよな。

まあ、それをテイムしてる俺が言うのも変な話か……。

「うわぁ～、すごいな……」

「おにいちゃん！　さくやちゃん！　おそらすごいね！」

「ピュイ～～～～」

また別の日。ぴーちゃんの隣《となり》で、いつものメンバーは、なんと空を飛んでいた。

当然ぴーちゃんに乗っているとか、自分達の力ではなく、風龍《ふうりゅう》のおじいさんの魔法によるものだ。感覚的には風に包まれて運ばれている感じなのだが、足場が無く踏《ふ》ん張《ば》りがきかないため足元が不安定で、俺はどうも落ち着けない。のんきなのは妹ちゃんくらいだ。その証拠に、

「おい、まだ着かないのか⁉」

クルスくんが尻尾《しっぽ》を股《また》に挟《はさ》んで目を瞑《つぶ》り、少し震《ふる》えていた。隣ではクイーンも尻尾を股に挟んでいた。こうしてみると二人はそっくりだ。

妹ちゃんは高い所、というよりも高過ぎる所に最初は少し怯《おび》えていたものの、俺とサクヤちゃんと手を繋《つな》いで飛んでいるうち、すぐご機嫌《きげん》になった。イリヤちゃんも一緒で、楽しそうに空の上から遠くを見渡《みわた》している。残念ながらミュウはお留守番だ。

「おにいちゃん！　あそこ、うしさんがいるよ！」

「うん、いっぱいいるね」

妹ちゃんが言う方を見るが遠くてよくわからない。妹ちゃんは目が良いからね。俺が探知系のスキルで調べると反応がいくつもあった。おそらくこれがミルホーンの反応なのだろう。おじいさん達が連れてきたのも、きっとこの辺りに生息していたミルホーンだと思う。

探せばビッグコッコやファイティングブルもいるのかもしれないな。

それらはみな、草原に住むモンスターだということでわかるが、今、俺達は、山の向こう側を飛んでいた。いつもおじいさんがモンスターを捕《つか》まえたり、よく訪ねたりしている農村がある所だ。

ちなみに俺達がこうしているのは、その村に行くためだ。少し前、おじいさん、おばあさんにチーズの作り方を知らないか聞いたところ、いつも行く農村がチーズを作っているというので、そこへ連れていってもらうことにしたのだ。正直、企業秘密《きぎょう》ということで作り方は教えてもらえないかもしれないが、村の特産なら見学くらいはさせてもらえるかもしれない、と思ってのことだ。

「シュウ、畑が見えてきたからそろそろ村が近いんじゃない？」

「ほんとだ、おじいさん、そろそろ降りた方が良いんじゃないですか⁉」

「そうじゃな、土産《みやげ》も欲《ほ》しいし、あちらに降りるか」

そういうと、おじいさんは巧《たく》みに魔法を操《あやつ》って、農村があると思われる方向と少し離《はな》れた所に降ろしてくれた。

地面に降り立つと、クルスくんは、生まれたての小鹿《こじか》のように、足をぷるぷると震わせていた。クルスくん以外の仲間もやはり飛ぶのに疲《つか》れたのか、それぞれに体をほぐしている。俺もおじいさんが魔法を使っているので大丈夫《だいじょうぶ》だとはわかっていても、やはり精神的に疲れてしまった。

少し休憩《きゅうけい》した俺達は、さっそくお土産探しを始めた。お土産とは、いつもおじいさんが村に行くときに狩《か》っているモンスターのことだ。

探知系のスキルで探したところ、いくつか反応があったが、どれがどのモンスターかまではわからなかった。おじいさんに聞くと、

「そんなもん、片《かた》っ端《ぱし》からまわってけばいいじゃろ」

と言われてしまった。仕方がないので見つけた反応を順番にまわることにした。クイーンやぴーちゃんが手伝ってくれたので、思ったより時間がかからなかったのはありがたかった。

ファイティングブルの肉は美味しいから、村人達もきっと喜んでくれるだろう。もちろん自分達の分も確保するのは忘れていない。

ミルホーンも、一頭だが捕まえてある。チーズを作っている以上ミルホーンを飼育しているはずなので、手土産《てみやげ》にすれば喜ばれると思う。実はミルホーンは大人《おとな》しいので、特に従魔にしなくても飼えないことはないらしい。まぁ前提条件として、広い土地と豊富な餌《えさ》は必要らしいが、この草原地帯なら問題無いだろう。

というわけで、お土産も手に入れ農村へ向かおうとしたのだが、クイーンよ、その後ろにいる狼達《おおかみたち》は何なんだ？

「ワオ～～ン！」

「「「ガゥ！」」」

そう、また仲間を増やしたのね……。これだけ懐《なつ》いてたら、もう従魔にしなくても良いんじゃないかなぁ？

牧場が出来て見回りしてくれる狼が増えるのはありがたいんだけど、クイーンって最初一匹《いっぴき》狼《おおかみ》だったんじゃなかったっけ……!?

「そこで止まれ～！」

その声に従い、俺達は近づくのを止めた。

「ん？　よく見たらいつもの冒険者のじーさまか？」

「うむ、久しぶりじゃの！」

「周りの連中はじーさまの仲間け？」

「そうじゃ！　後ろの狼はこっちの小僧《こぞう》の従魔じゃから、安心せい」

「本当に大丈夫なんだべか？」

「大丈夫ですよ！　心配でしたら村には入れませんので」

「そ、そうけ？　ならとりあえずはそれで頼《たの》むべさ」

農村に到着《とうちゃく》した俺達は、村の入り口（といっても周りに畑やら家畜用《かちくよう》の柵《さく》やらがあり、どこからどこまでが村かわからないのだが）にいた、門番のおじさんに話しかけられていた。おじいさんとは顔なじみらしいからなんとかなったが、そうでなかったら、クイーン達のことで一悶着《ひともんちゃく》あったかもしれないな。

「んで、今日はどうしただ？」

「うむ、ちと頼みがあって来たんじゃが……確かここでは、チーズを作っておったな？」

「んだ、チーズはうちの村の名産だぁ」

「そうか、それは良かった。それでじゃな、ちと頼みがあるんじゃが、チーズ作りを見学させてもらうことは出来るか？　出来れば作り方も教えてもらえればありがたいんじゃが」

「ふむ、作り方だか。作るならミルクが必要だが大丈夫け？」

「あ、従魔にミルホーンがいるので、それは大丈夫です」

「おお、ちっこいのに、狼だけでなくミルホーンも従魔にしとるのか」

「それで、ミルクがあれば問題無いのか？」

「そうだな～、別に商売するんじゃないんだべ？」

「えっと、そのまま売るんじゃなくて屋台で使うかもしれません」

「それくらいならいいか？　んだば、中で母ちゃん達に聞いてみてくれ」

「あいわかった。ならば入らせてもらうぞ？」

「んだ、ゆっくりしてってくんろ」

　こうして俺達は、チーズが名産の村に入ることが出来た。

　村を歩くと、おじいさんは何人もの村人から挨拶《あいさつ》をされていて、とてもここに馴染《なじ》んでいるのがよくわかった。やがてチーズ作りをしている場所を聞き出した俺達は、奥様方《おくさまがた》がいるかを確認《かくにん》しに行った。


「あんれ、冒険者さんでねぇの？」

「うむ、久しぶりじゃ」

「今日も肉さ持って来ただか？」

「ほれ、この通り持ってきておる」

おじいさんは俺達の方を指差し、おばちゃんも担《かつ》いでる肉を見た。

「いつも助かるだよ。今日も家畜用の餌と交換《こうかん》でええだか？」

「それで良いんじゃが、今日はちと頼みがあってのう」

「頼み……だか？」

「うむ、ちとチーズの作り方を教えてもらいたいんじゃよ。村の者に聞いたら、ここで聞けと言われて来た次第じゃ」

「あ〜、教えたチーズで商売されたら困るんだども」

「えっと、商売というか屋台で使いたいので、そこまで本格的な商売はしません！　ダメでしようか？」

「なら、一応村長に聞いてくるだで待っててくんろ」

そう言っておばちゃんは建物を出ていってしまった。

「じゃあ、その間にお肉をもらっちゃおうかしらね」

話していたおばちゃんとは別のおばちゃん達が、お肉を受け取りに近づいてきた。

「おお、これも持っていけ」

「あら、これだけじゃなかったのかい」

おじいさんはいつもそうしていたのだろう、魔法でしまっていたお肉もそっと取り出した。

「それから表にミルホーンがおる、チーズのお礼代わりにもらってくれ」

「あらあら、そんなに良いのかい？」

「かまわんよ、いつも世話になっとるし、こやつらの修行《しゅぎょう》もかねとるからのう」

「お世話になってるのはこっちなんだけどねえ？　まぁ、ありがたくもらっとくよ」

おばちゃん達は、仲間内で少し話をしたと思ったら、そのうち一人が外へと走っていった。

おそらくミルホーンを連れていくのだろう。

ここはおそらくチーズを作る加工場のような場所らしく、獲物《えもの》の解体作業も出来るようだ。

こうしてチーズに関する返事が来るまで、皆で解体を手伝いながら待つ事になった。


「待たせたでな。……何の肉祭りだか？」

作業場で肉を解体していると、村長に聞きに行ってくれていたおばちゃんが戻《もど》ってきて、辺り一面の肉の量に驚《おどろ》いていた。

「今日は人数が多かったのでな、肉も多めだ」

「ありがたいんだけんど、良いんけ？」

「かまわんよ」

「なら遠慮《えんりょ》なくもらうべさ。そうそう、村長からの返事、もらってきただ。チーズを売られるのは困るだが、自分達で使うだけなら問題ないそうだ」

「おおそうか、助かる」

「「ありがとうございます！」」

「んだども、見学は明日だなや。時間も遅《おそ》いし、この肉をなんとかしねぇとまずいだな」

というこことでチーズ作りの見学は明日になり、土産の肉の処理を全員ですることになった。

その為、今日はこの村に泊《と》まることになってしまった。まあ、おじいさんも以前から、ここを訪《おとず》れるたびに一泊《いっぱく》ぐらいはしていたみたいなので、そう問題はなかったけど。


「美味い！」

「おいし～」

その夜は村をあげての宴会《えんかい》となった。おじいさんが泊まったときも、宿というか集会所でちょっとした宴会をしていたみたいだが、今日は子供が多くいるので村の広場で皆で食事だ。

「これも食べなよ」

「これはこうすると美味しいよ！」

「なぁ、これはもう食べても平気か？」

俺達の周りには、村の子供達が集まっていた。村で暮らす子供達にとって、同い年位の外の子供は、かなり珍《めずら》しいようだ。野外にはモンスターがいるせいで、子供が旅をすること自体、あまりないからだろう。幸いにもこの村の子供達は、妹ちゃん達に対しても獣人《じゅうじん》だとかの偏見《へんけん》を持っていないようで、すっかり仲良くなった。

「おにいちゃん、おいしいね！」

「シュウくん、これどうぞ……」

「うん、美味しいね。サクヤちゃんもありがとう」

今日出された料理は、狩ってきた肉にこの村特産のチーズ、そしてこちらが提供したシャルちゃん特製のスープの素で作った料理だ。やはりチーズは特産と言うだけあり、そのまま食べても素晴《すば》らしかった。また、火で炙《あぶ》って溶《と》けたチーズをパンにかけたり、焼いた肉に絡《から》めたりした物はさらに美味しかった。妹ちゃんやサクヤちゃんも嬉《うれ》しそうに食べている。クルスくんは村の子供と大食い競争でもしているのか、すごい勢いで食べていた。

おじいさん達大人組は、おじいさんが出したお酒を飲んで盛り上がっている。女性陣《じょせいじん》も少しは飲んでいるが、彼女《かのじょ》らはどちらかというとスープを気に入ったらしい。余っていたスープの素を、皆であれこれ分析《ぶんせき》しているみたいだ。まだ少し残っているから、後でチーズと交換してもらおうかな。


「なあ、シュウ」

大食い競争が終わったのか、クルスくんがこちらに戻ってきた。どうやら勝負には勝ったようで、向こうで村の子供達が何人か、お腹を押《お》さえて倒《たお》れていた。周りにいる子は笑っているので食べ過ぎたのだろう。

「どうしたの？」

「いや、ここにはチーズの作り方を聞きに来たんだよな？」

「そうだよ」

「わざわざ聞かなくても、ここで売ってもらえば良いんじゃないか?」

どうやら、わざわざ自分らで作らなくても、ここのチーズを使えば良いと思ったみたいだ。まぁ、美味しいからその気持ちもわからなくはないんだけどね。

「ん～、理由は色々あるんだけど、一つはミルクが余ってることと、孤児院で手すきのときにできる仕事が増えるのが大きいかな。後はこの村で、チーズがどれだけ買えるかわからないでしょ? そもそも、ここにはおじいさんしか買いに来られないのが一番の問題かな」

「あ～、そういやそうだった。師匠《ししょう》に連れてきてもらってたんだった」

「だから、もし屋台で定期的に使うなら、自分達で作れた方がいいんだよ。もちろん孤児院での食事用にも、少しは買っていくけどね」

そうして俺達は、チーズの美味しさを楽しみつつ村で一泊した。


翌日。俺達は今、ミルホーンの乳搾《ちちしぼ》りをしていた。今日はいよいよチーズ作りに入るので、

「いつもおてつだいしてるの!」

「俺達の所にもミルホーンはいるからな」

「ほう、上手いだなや」

ンモ～～～

そのための材料集めだ。

皆は普段《ふだん》もやっているので慣れているが、おばちゃん達は予想外だったみたいだ。多分うちにいるミルホーンが、一頭だと思っているんだろうなぁ……。

「それくらいあれば良いべさ、作業場へ行くだよ」

いくつかの樽《たる》にミルクを搾《しぼ》ったら、おばちゃんからＯＫが出たので樽を持ってついていく。

作業場へ着くとそこには果物が置いてあった。

「あれ、その果物はどうしたんですか？」

「おにいちゃん、あれ、きゅ～～ってするの？」

テーブルに置いてあったのは、俺がおそらくレモンだろうとみなしている、酸《す》っぱい果物だった。いや、よく見ると若干違《じゃっかんちが》うような気もするが、柑橘系《かんきつけい》の果物には変わりないはずだ。

「気になるだか？　なら一つ食べてみるだ」

「なら、俺食う！」

そういうとクルスくんは、さっそく果物を取って、威勢《いせい》よくかぶりついた。

「スッパーーーーーーー！」

妹ちゃんは気付いたようだがクルスくんは違ったのだろう、レモンを丸かじりして悶絶《もんぜつ》している。以前、孤児院で食べたときも同じことをしていた気がするのに……成長してないなぁ。

そういえば、クルスくんの様子を見た他の子供達が、一時期レモンを怖がってたんだよなぁ。

まぁ、その後もあんまりレモンは人気が出なかったんだけど……。

「まさか、丸かじりするとは思わなかっただよ。大丈夫け？」

「気にしないでください、いつものことなんで」

「そうだか？　んだら、チーズ作り始めるだよ。材料はミルクとこの果物だ」

「それだけですか？」

「基本はこれで出来るだよ。ただ、果物は季節によって変わるけどなぁ」

まぁ、確かに果物には旬《しゅん》があるからな、年中は採れないよね。

「じゃあ、他の季節は何を使ってるんですか？」

「食べてみてわかったと思うが、これは酸っぱい果物だぁ、他の季節も似たような酸っぱい果物さ使うだよ」

「へぇ～」

「じゃあ、一年中チーズを作れるんですか？」

「季節によって果物の量や味も変わるで、年中ではないだよ」

それもそうか。でもこれなら俺達も、一年中作ることは可能かな？　いざとなればレモンを『アイテムボックス』に保存しとけば良いんだし。味によっては別の実を保存するのもありかもしれないな。

「んだば、早速《さっそく》作るだよ」

そういっておばちゃんは俺達に見せながらチーズ作りを始めた。

作業としては簡単なので、何度かやればすぐに覚えられそうだった。流れとしてはミルクにレモンの果汁《かじゅう》を入れて煮る、煮るとミルクが固まる、それがチーズだった。作業は簡単だが実際はミルクとレモン汁《じる》の配分や煮る温度や時間などがあるので、意外と手間はかかる。ただまあ、これをシャルちゃん達に教えれば、みんなの力でなんとかこなせるだろう。

「「「ありがとうございました！」」」

チーズ作りを教わった俺達は、村の人達とシャルちゃん特製スープとチーズにパンという簡単なお昼を食べてから、帰ることになった。

「ばいばい～い」

「また来いよ？」

「また遊ぼうね！」

村の入り口にはおばちゃん含《ふく》む村人が数人、それと村の子供達が集まってくれていた。おじいさんは村人達と、俺達は子供達と別れの挨拶をした。途中《とちゅう》おばちゃんからスープの素を今度持ってくるように頼まれたので、またいずれ、この村に来なくてはいけなくなった。まぁ、おじいさんには悪いけど、妹ちゃん達も来たがるだろうから、今度来るときはチーズを作って試食をお願いしようかな。

「なるほど、この果物の果汁と一緒に、煮ればいいんですか？」

孤児院で、俺はシャルちゃんにチーズの作り方を教えていた。おじいさんの所から帰ったのは夕方だったので、その日はお土産のチーズを食べ、翌日の朝からチーズ作りを始めたのだ。

「今の季節は、だけどね。他の季節はその時採れる果物を使うみたい。で、まずはこの果物で練習して作れるようになったら、『アイテムボックス』にある他の果物でも練習してみて」

今練習しているのはシャルちゃんだけである。他の子達は屋台に出ているのでいない。とりあえず一人に教えれば、他の子に伝えてもらえるのでシャルちゃんが代表となっている。

コンロもないこの世界では火加減が難しいかと思っていたのだが、さすがは『料理』スキル持ち、お昼を過ぎた頃《ころ》には、ほぼチーズは出来上がっていた。

「う〜ん、もう少し練習すればちゃんと出来るかしら」

「いやいや、もうほとんどチーズになってるよ？」

「そうだけど、やっぱり美味しいチーズを食べたいじゃないですか」

『アイテムボックス』の中にはまだ果物はあるが、今後を考え、次は果物狩《が》りに行くことも考えておこう。

夜になったので、シャルちゃんが作ったチーズを皆で試食してみた。皆は「美味しい」「美味い」と言っていたが、シャルちゃん以外にも生まれていた『料理』スキル持ちの子達は、やはりまだ納得《なっとく》がいかないのか、あれやこれや話し合っていた。


「美味い！」

「おっ、新しいのか？」

「これは食《た》べ応《ごた》えあるな」

次の日、屋台では、チーズを使った新作料理がいきなり登場していた。チーズバーガーだ。

正直パンは硬めだし、中のお肉もハンバーグではないので違和感《いわかん》があるのだが、冒険者達には、そのボリュームが受けている。

「なあ、美味いのはありがたいんだがこの値段でいいのか？」

「大丈夫です。お肉は自分達で狩ってきた物だし、チーズも自家製ですから」

「チーズ作ってるのか⁉」

「はいっ！　うちの孤児院にはミルホーンもいますからね」

会話をしていた冒険者は、俺の周りにいる従魔を見て納得したようだ。実際チーズは、この町では作られていないので少し高いのだ。しかも、保存食の意味合いが強いので、よそから持ってきたものは鮮度《せんど》的に味が少し落ちる。それが、俺達のチーズバーガーが人気の理由かもしれない。やっぱり作りたては美味しいからね。


そんなこんなで、俺達は安くて美味しいチーズを作ることに成功した。となると、それに目をつけない人間はいない。

目敏《めざと》い商人や料理店などが、自分の所に仕入れられないかと訪ねてきたが全《すべ》て断った。作り方を教えてもらった村の人達との約束のこともあるが、そもそも、売るほどの量が作れないからだ。

しかし、美味しくて栄養はあるので、顔見知りの近所のおばちゃん達はやたらに欲しがった。なので仕方なくチーズの村に聞いたところ、知り合いになら売っても良いと許可を貰《もら》えた。

まぁ、チーズの村は龍王山《りゅうおうざん》の向こう側なので、この程度の規模なら問題にはならないと思うんだけど一応ね。


一ヶ月も経《た》つとシャルちゃん達のチーズ作りも上達し、かなり美味しいチーズが出来るようになった。そのためにチーズバーガーだけでなく、ご近所さんに売る分も必要になり、量産するのが大変になってしまった。ただ、材料の果物も少なくなってきたので、俺達と冒険者組は、今度は果物探しに奔走《ほんそう》することになってしまったのだった。

「くっだもの～、くっだもの～」

森の中に妹ちゃんの上機嫌《じょうきげん》な歌声が響《ひび》いている。

今日は森に果物狩りに来ている。チーズが好評なために、レモンが心許《こころもと》なくなってきたからだ。時期的にも、採れるうちに採っておこうと考えたこともある。ちなみに果物が採れるのは、森の中でも、昔よく行っていたあたりだ。

「なんか久しぶりだな」

「そうね、こっちには全然来なくなったからね」

「みんなでいくのたのしいね！」

今日はいつもの四人にぴーちゃん、ミュウ、クイーンに子狼達、それとウッドモンキーだけだ。最近はいつも冒険者組がいたので懐かしい気分になってくる。

「こっちは久しぶりだから他の冒険者に注意しないとね」

「さくやちゃんのくだものも、いっぱいとろうね！」

レモンを採りに来たのだが、どうせならこっちに生《な》っている果物も取り尽《つ》くそうと提案したら、妹ちゃんは、果物のことで頭がいっぱいになったみたいだ。サクヤちゃんも誘《さそ》おうと思ったのだが、ガラの悪い冒険者に出くわすかもしれない場所で、おじいさんが難色を示したので、お土産を持っていくことにした。

「確かこのあたりだったよな？」

「そうだったと思うけど、もう目印も無くなっちゃったかな？」

俺達はとりあえず、昔よく行っていた果樹への道を探すことにした。

「ウォン！」

「あ、あれじゃない？」

久しぶりに来たのでなんとなくしか覚えていなかったが、クイーン達は道を覚えていたようなので助かった。

その後はクイーン達に道案内してもらい、見つけた果樹から果物を採り尽くした。たまに他の冒険者に取られたのか、あまり実が付いてない木もあったが、おおむね満足いく量の果物を採ることが出来た。もちろんレモンも予想以上に採れたので、一安心である。


二日も果物狩りをすると、なじみの果樹は、ほとんど取り尽くしてしまった。昔はもっと時間がかかっていたのだが、今回はウッドモンキーが大活躍《だいかつやく》してくれた。元々木登りは得意な従魔なので、木に登って実を投げてもらっていたのだが、ウッドモンキー用に魔法の鞄を作ってみたところ、ものすごい速さで果物を回収してくれるようになったのだ。

ちなみに魔法の鞄も日々進化している。昔は入れた物の重さはそのままだったが、今では『重量軽減』の魔法の効果を組み込めるようになったため、今まで以上にたくさんの物を入れることが出来た。器用だが力はさほどでもないウッドモンキーが今回活躍《かつやく》できたのは、このことも大きな要因だろう。


「なあ、これで終わりにするのか？」

予定していた果物を採取出来た俺達《たち》は、これからどうするか話し合っていた。予想ではもう少しかかる予定だったので、時間は余っている。屋台のほうも狼達や孤児院《こじいん》の子達が頑張《がんば》ってくれているので、俺達がいなくても大丈夫だろう。

「ならもう少し奥《おく》までいってみる？」

「そうだね、新しい果物があれば良いね」

「薬草も採れなかったから、見つかると良いわね」

ウッドモンキーが果物採りで活躍してくれている間、俺達は薬草やキノコ等を見つけようとしたが、あまり成果はなかった。やはりこの辺りはもう他《ほか》の冒険者達に見つけられた後のようで、収穫《しゅうかく》はほぼ無かったのだ。

クイーン達も周囲を警戒《けいかい》しながら狩りに向かっていたのだが、こちらもやはり、めぼしい獲物は発見出来ずに少し落ち込んでいた。ぴーちゃんだけは安定して鳥を捕まえていたのでちょっと自慢気《じまんげ》だ。

「こうやって探し歩くのも懐かしいな」

「最近は、おじいさんに色々連れていかれるだけだったものね」

「本当はこれが冒険者の仕事なんだけどね」

「ガウッ！」

会話をしながら歩いていると、クイーンが何かに気付いて走り出した。その後を子狼達が追いかけていく。俺達はモンスターを警戒し、クルスくんを先頭に武器を出して身構えた。

「ワォ〜ン！」

少し経つとクイーンの声が聞こえた。声の様子からして、どうやら問題は無さそうだ。

「ウォン」「ウォン」「ウォン」

問題は無いはずなのに、普段は声を出さずに移動するクイーン達がなぜか吠《ほ》えながら近付いてくる。

なんだろうと思っていると、
ガサッガサッ
という草を掻《か》き分《わ》けるような音。それと同時に、何かが草陰《くさかげ》から飛び出し、クルスくんに襲《おそ》いかかってきた！

「クルスくん！」

「クルス！」

「くるすくん！」

油断した！　まさか襲われるなんて！　この辺りのモンスターなら怪我せずに倒せるし、クイーンも特に警戒している様子はなかった。だからといって油断して良いわけないのに！

俺《おれ》は慌《あわ》ててクルスくんを確認した。

「クゥ～ン」「キャン」「キャン」

何かに襲われたはずのクルスくんは仰向《あおむ》けに倒れ……なぜか、毛むくじゃらになっていた。

「えっと、どうなってるの？」

「そんなの、私にはわからないわよ」

「くるすくんがいっぱい？」

倒れたクルスくんの腰《こし》の辺りには、毛玉が三つくっついていた。いや、毛玉から聞こえる鳴き声からして犬か？　確かに妹ちゃんが言うようにクルスくんに似てなくもない？　というか、クルスくんが犬っぽいのか？

最初は慌てたが、どうやら毛玉には攻撃《こうげき》する意思は無いようで、クルスくんに抱《だ》きついているだけだ。というか、ほんとにこれは犬なのかな？

「あいたたた」

「クルスくん、大丈夫？」

「おう、とりあえず大丈夫だ。ってかなんだ？　こいつらは？」

クルスくんは倒れた拍子《ひょうし》に頭を打ったのか、頭をさすりながら起き上がろうとしていた。

ガサガサッ

クルスくんが起き上がろうとしているとクイーン達が戻ってきた。クイーン達は毛玉を見たが、特に反応することもなかった。そのまま周囲を警戒しつつ、次の獲物を探しているみたいだ。

逆に毛玉は、クイーン達が現れた途端《とたん》、尻尾を股に挟み、怯えてしまったのかブルブル震えだした。

「ねぇクイーン、これ、大丈夫なの？」

「ウォン！」

毛玉についてクイーンに聞いてみたが「大丈夫！」とのこと。むしろその声を聞いた毛玉達が、ビクッと怯えていた。

「おい、離れろよ！」

「クゥ～ン」

起き上がろうとしていたクルスくんだが、まとわりつく毛玉こと、犬のような何か達が邪魔《じゃま》なようだ。どうにも起き上がれないようで引《ひ》き離そうとするが、毛玉達は必死にしがみついて離されまいとしていた。

「なぁ、これなんなんだ？」

「何ってクルスの子供じゃないの？」

「んなわけあるか！」

「くるすくんのおともだち？」

「知らねーよ！　そもそも俺は狼だぞ！」

まぁ、確かにクルスくんは狼族だけどまとわりついてるのは犬みたいな生き物だ。……いや、この世界って、犬がいるのか？　俺はついつい使うのを忘れてしまう『鑑定《かんてい》』を思いだし、その生き物を調べてみた。


『コボルト』


『鑑定』の結果、毛玉というか犬のような生き物達は、コボルトというモンスターだとわかった。妹ちゃんの「猫族《ねこ》」という概念《がいねん》があるので、多分いるとは思うのだが犬族がいたら見分けがつかないいんじゃないか？　それに正直、狼族であるクルスくんにもそっくりなんだよなぁ……。

「クルスくん、どうやらその毛玉は『コボルト』みたいだよ」

「コボルト？　たしか犬族みたいなモンスターだっけか？」

「そうね、先輩冒険者《せんぱいぼうけんしゃ》の人達がそんなこと言ってたわね。でも、この森ではあまり見かけないって言ってなかった？」

「まぁ、この大きさじゃ、もし隠《かく》れてたら見つけるのは難しいのかもね」

コボルト達の大きさは、クルスくんの腰までも無い。モンスターとしては小さい方だろう。

それに犬系のモンスターなら、たぶん隠密《おんみつ》行動も得意だろうしね。

「あんまし強そうじゃねぇな」

「クイーン達見て震えてるもんね」

「ホーンラビットよりも臆病《おくびょう》なのかもね」

おそらく小さくて隠れるのが得意だから、今まで見つからなかったのだろう。さすがにクイーン達からは逃《に》げられなかったようだけど、なんで見つけたのに倒さないいんだ？

そこへ獲物を咥《くわ》えたクイーンが戻って来たので聞いてみた。

「ガウ？　ウォンウォン！」

「おい、シュウ、クイーンは何て言ってるんだ？」

こ、これは……。なんとも言いにくいが、聞かれたなら答えなきゃいけないよね……。

「え、えっとね、クルスくんの兄弟だと思って連れてきただって」

その言葉を聞き、クルスくんだけでなくイリヤちゃんまでもがポカーンとした顔をしていた。

「ぷっ、あははっ」

最初に笑い出したのはイリヤちゃん。続けてクルスくんもはっと正気に戻った。

「おいっ！　どう見ても違《ちが》うだろ!?」

クルスくんはクイーンに文句を言うが、腰に毛玉を付けたままなのでいまいち迫力《はくりょく》がない。

クイーンも何が違うのか、本気でわかっていないようで疑問の表情だ。

「クイーン？　えっと、クルスくんに抱きついてるのはコボルトだよ？　それで、クルスくん

は狼族。全然関係無いんだよ？」

「ワフッ⁉」

クイーン、本気で驚いてるな……。詳《くわ》しく聞いてみると、どうやらコボルト達に気が付いて近づいたが、あまりに魔力《まりょく》が弱かったのでモンスターとは思わなかったそうだ。それに、自分達の仲間とも違うのは感覚的にわかっていたらしい。だが、モンスターではないなら何者か？　野生の狼かと思ったものの、二足歩行で走り出したので、クイーンはクルスくんの仲間だと判断したらしい。姿もまぁ似てるしね。

「というわけで、クイーン達はクルスくんに会わせるために、コボルト達をここへ誘導《ゆうどう》したみたいだよ。それで、コボルト達も一直線にクルスくんに抱きついたから、クイーン達はますます勘違《かんちが》いしちゃったみたい」

クイーン達の話をクルスくん達に伝えたが、皆《みな》、首をかしげるばかりである。

「そもそも、なんでこいつら俺にくっついてんだ？」

「それは、やっぱり似てるからじゃない？」

「ちっちゃいくるすくん！」

うん、やっぱりクルスくんが彼《かれ》らに似てるからだろう。つまり、同族か他の誰《だれ》かと間違《まちが》えてる可能性が高い。コボルト達に話を聞きたいが、俺の従魔《じゅうま》ではないので会話は出来ず、かといってなんとなく意思疎通《そつう》が出来そうなクイーンは、近づいたらますます怯えさせてしまうだろう。今でさえ、会話どころではないほど震えているくらいだし。どうするか悩《なや》んでいると「キユルルルル〜」という音が聞こえてきた。見ると、コボルト達の腹の虫らしい。どうやらお腹《なか》が空いているようだ。

「じゃあ、ご飯でも食べようか。この子達も、お腹空いてるみたいだし」

「そうね、お腹がいっぱいになれば、少しは落ち着くでしょ」

「わ〜い、ごはんだぁ〜」

クルスくんは毛玉まみれで動けないので、他の皆でご飯の支度《したく》。クイーン達従魔には食料調達を頼み、俺達《おれたち》三人は火の準備をした。

石でかまどを組み、鍋《なべ》でスープを作る。コボルト達が何を食べるかわからないが余ったら『アイテムボックス』にしまっておけばいい。

スープを準備していると、クイーン達が食べ物を持ってきてくれる。さすがに狩ってきた獲物は解体しなければいけないので、少し離れた所で準備した。


解体を終わらせた俺は、ひとまず肉を串《くし》に刺《さ》し火で炙り始めた。肉を焼いてる間に、薄切《うすぎ》り肉やウッドモンキー達が採ってきた葉物野菜、さらに木の実を鍋に入れて煮《に》込んでおく。

肉の焼ける匂《にお》いに反応して、コボルト達が意識をクルスくんから肉串に向け始め、そろって鼻をピクつかせる。

「ほら、お前達も食べな」

俺は焼けた肉串をコボルト達に向けるが、まだ怖《こわ》がっているのか食べようとしない。クイーンに目を向けると「仕方ないわね」といった様子で肉串を咥え、コボルトに差し出してくれた。

「お前ら、クイーンが食べろってよ」

コボルト達に抱きつかれてるクルスくんが、クイーンから肉串を受け取りコボルト達に差し出すと、彼らは戸《と》惑《まど》いながらも肉串を食べ始めた。一度食べればその勢いは止まらず、俺が渡《わた》そうとした肉串や、焼いている最中の肉串をも、次から次へと平らげていく。

ガツガツガツッ！

よほど空腹だったのだろう、コボルト達が勢いよく肉串を食べる様子は、なんだか凄《すご》い迫力だ。

一息つくと、どうやら好《す》き嫌《きら》いはないのかスープも美味《おい》しそうに飲んでいた。

コボルト達の食欲も落ち着き、俺達も食事を終えた頃にはコボルト達はクルスくんから離《はな》れてもクイーン達を怖がることはなく、いや、怖がってはいるが大丈夫《だいじょうぶ》になっていた。そして、コボルト達のことを相談しようとしていると新たな客がやって来たのだった。

現れたのは、またもコボルト。クルスくんの周りにいる毛玉コボルトよりも大きいので、毛玉コボルトは子供、現れたコボルトは大人なのかもしれない。

その新しいコボルトだが、数は二匹《ひき》。手？　に木の棒を持ち、こちらに向けて構えているのだが、尻尾《しっぽ》を股《また》に挟《はさ》んでブルブル震《ふる》えている。毛玉コボルト達と同じように、クイーン達の事を恐《おそ》れているのだろう。

「シュウ、あれってもしかして？」

「うん、多分このコボルト達の仲間だと思うよ」

「あぁ、だからクイーン達がなにもしなかったのね」

「クルスくんがふえた！」

「いや、俺は元々一人だよ！」

さっき毛玉コボルト達に襲われた？　ので、俺達も周囲の警戒は怠《おこた》らず、新手のコボルトの存在には気付いていた。おそらくクイーン達も気付いていただろう。だが、毛玉コボルト達は特に害は無かったので、このコボルト達も大丈夫だと判断し、特に何もしなかったのだが……。

「お前達、あのコボルトは仲間か？」

クルスくんが、不意に毛玉コボルト達に話しかけた。毛玉コボルト達は恐る恐る確認すると、やはり知り合いだったのか、尻尾をフリフリ、その新たなコボルトに向かって走りだした。

「やっぱり、そうみたいだな」

「捜《さが》しにきたのかしら？」

「木の棒を持ってるから、俺達から、というかクイーンから助けようとしたのかもよ？」

「ワフ？」

クイーンとしては、何かをしたつもりはなかったのだろう。困惑《こんわく》しているが、見ようによってはクイーンが誘拐《ゆうかい》したようなもんなんだよね。

やがて毛玉コボルトが仲間のもとにたどり着くと、木の棒を持ったコボルトは、毛玉コボルトを後ろに庇《かば》い、俺達を睨《にら》み付《つ》けた。

「ほら、やっぱり警戒してるよ」

「これはクイーンのせいなのか？」

「キャンキャン」「ワンワン」

しかし、ここで毛玉コボルト達が何かを話し始め、コボルトはクイーン達とクルスくん、それと毛玉コボルトを交互《こうご》に見始めた。その後も「ワンワン」「キャンキャン」と話し合い？は続けられた。やがて話がまとまったのか、大きなコボルトは、木の棒を下ろしてこちらに近づいてきた。

そして、俺達と話し合いをするのかと思いきや……肉串やスープの方を見て、よだれを垂らし始めたのだった。


ガツガツガツ！

とりあえず、クイーンに頼《たの》み、新しいお肉を調達。それから大きなコボルトに渡したのだが、二匹は毛玉コボルトに勝《まさ》るとも劣《おと》らない勢いで、肉串を食べ始めた。毛玉コボルト共々、よっぽどお腹が空いていたのだろう。

お腹がふくれたのか、ようやく話が出来る状況《じょうきょう》になった。横にはなぜかまた肉串を食べ始め、お腹がポンポコになった毛玉コボルトたちも倒れていた。

「ワンワン」「キャンキャン」「ウォンウォン」

クイーン、コボルト、毛玉コボルトが、一緒《いっしょ》に話を始めてから十分ほど経ったが……何を話しているのか、さっぱりわからない。が、クイーンとコボルトで、互《たが》いに話が通じるみたいなので待つ。とりあえず待つ。

で、話し合いの結果わかったのは、こうだ。

コボルト達は小さいながらも集落を作り、人間に見つからないようにひっそりと暮らしていた。だがある時、村を蟻《あり》のモンスターが襲ったらしい。急に現れた彼らは、何かに怒《いか》り狂《くる》っていたようだが、理由はわからないらしい。

……うん、孤児《こじ》ゴブリンのリンちゃんをかつて拾った身としては、妙《みょう》に心当たりがある気がする。しかし、もし予想通りなら、あのモンスター蟻の縄張《なわば》りって、なんか広すぎないかな？

まぁ、蟻の話はとりあえず置いといて、集落にいたコボルト達は着の身着のまま（といってもコボルトは服を着てないが……）逃げ出《だ》したそうな。そして、このコボルト達は家族らしいのだが、途中で子供がはぐれてしまい、捜していたそうだ。

「なるほど、だいたいのことはわかったよ。で、なんでこいつら俺にくっついてたんだ？」

コボルトがここにいた理由はわかったが、クルスくんにくっついていた理由は話していない。というか、さっき以上にそのままますぎて言い辛《づら》いぞ……。

「聞きたい？」

「おう！」

「えっと、仲間だと思ったらしいよ？」

「…………俺をコボルトだと思ったってことか？」

「うん……」

半ば予想通りな答えだったが、クルスくんはショックを受けたのか、しばらく固まってしまった。


しばらく後。俺達は、コボルトの集落があった場所を目指し歩いていた。もちろん当初の予定通り採取をしながらだが、まずは集落に着くことを優先し採取はほどほどにしていた。

「なぁ、離れてくれねぇか？」

「ガウ！（ブルブル）」

森を歩くクルスくんの後ろには子コボルトが引っ付いて歩き、その隣《となり》には親コボルトが歩いている。集落に向かって歩き始めたとき、なぜかコボルト達はクルスくんから離れようとしなかったのだ。

そのためクルスくんは非常に歩き辛そうにしている。何度も離れるように言っているのだが、どうにもコボルト達は離れてくれなかった。

しかし、その理由は集落に近づくにつれわかってきた。コボルト達は、親子共々震えだしたのだ。子コボルト達はいっそうクルスくんにしがみつき、親コボルトは震えながらも木の棒を構え周囲を警戒している。

「ほら、大丈夫だよ。クルスくんもクイーン達もいるから。蟻なんか簡単に倒しちゃうよ！」

「「「ウォン！」」」

クイーン達はコボルトを励《はげ》ますように吠え、走り出し周囲を警戒してくれた。

蟻達《ありたち》が集落を襲ってから数日は経っているらしいので、おそらくもう残った蟻もいないだろう。だから大丈夫だとは思うが……正直、俺達だけで向かうのは少し不安もあったのだが、コボルト達のためにも頑張ろうと思う。


「ピュイ」「キュウ」「ウキキッ」

集落があると思われる場所に近づくと、先に偵察《ていさつ》に行ってくれていたぴーちゃん、ミュウ、ウッドモンキーが結果を報告してくれた。ぴーちゃんは空から、ミュウは耳で、ウッドモンキーは木の上からの偵察だ。クイーン達はコボルト達のために護衛として残ってくれていた。

「偵察に行った子達からの情報によると、集落には誰もいないみたいだよ」

「蟻がいないなら戦わなくてすむわね」

「くるすくんのともだちもいないの？」

「だから俺はコボルトじゃねぇよ！　でも、こいつらの仲間もいないのか……」

「無事でいてくれれば良いんだけどね」

「「クゥ～ン」」

採取を中断し集落に向かったのはコボルト達の仲間を見つけるためだったのだが、どうやらそれは難しいようだ。まぁ、蟻がいなくなってたのはありがたいが、すでに何日も経っているので仲間達の手掛《てが》かりを見つけるのは難しいだろう。

「それで、これからどうするの？」

「蟻もいないみたいだし、とりあえず集落にいってみない？」

「だな、もしかしたらコボルトが何か見つけるかもしれないしな」

ということで、俺達は集落に向かった。

「なんか、ボロボロね」

「これは家なのか？」

「だと思うよ。同じのがいくつもあるし」

まわりにはいくつかの木と葉の山があるが、そのどれもが荒《あ》らされ蟻酸《ぎさん》で溶かされていた。

「これを直すのは面倒《めんどう》そうだな」

「酸の痕《あと》もあるから、修復は難しいかもね」

集落といってもそんなに広くないので、すぐに一周できた。見てきた結果は、さすがにあちこちが燃えたりはしていないが被害《ひがい》がひどく、集落としては立て直しようがないかもしれない。

「お前ら、これからどうすんだ？」

「クゥ～ン」

クルスくんはコボルト達に話しかけるが、荒らされた集落を目にして落ち込んでしまい、答えられないみたいだ。

「コボルト達にしてみれば仲間を捜すか捜してもらうしかないんじゃない？」

「それに、この子達で暮らせるかも不安だね」

「くるすくん、おともだちとさよならしちゃうの？」

こんなことを言っているが、クルスくん以外の俺達三人の意見は決まっていた。多分クイーン達も、コボルト達を見捨てることはないだろう。ただ、コボルト達はクルスくんにベッタリだから、クルスくんが嫌《いや》がれば難しいだろうな。

「しょうがねぇな、なら、とりあえずうち来るか？」

良かった。どうやらクルスくんもコボルト達を見捨てることは出来なかったみたいだ。


「なんじゃ、また従魔を増やしたのか？」

「ちっちゃい……」

「あらあら、可愛《かわい》い子達ね」

俺達と暮らすことになったコボルト達のため早めに帰宅したのだが、出迎《でむか》えてくれたおじいさん達の態度は、呆《あき》れと好意が半々といった様子だった。

その後も牧場にいた子達は、

「なんだ、またシュウの従魔か？」

「クルス、お前兄弟がいたのか⁉」

「クルスくん、いつの間に子供産んだの⁉」

といった反応をしていた。もう従魔が増えた程度じゃ動じないみたいだが、コボルト達は従魔じゃないんだよね。

「なんとなく見つけたら、クルスくんに懐《なつ》いちゃったんだよ。だから、従魔としてはクルスくんの従魔になるんじゃない？」

「それに、この子達はコボルトよ。こんな見た目だけど、狼《おおかみ》族のクルスとは関係ないんだって」

コボルト達の事を話すと、やっぱり驚《おどろ》かれた……主にクルスくんと特に繋《つな》がりが無いことに。

やっぱり誰から見ても、似てるんだろうね。それにいまだにクルスくんのそばを離れないので、クルスくんの従魔といってても変ではないと思われたみたいだ。

「なぁ、シュウ、こいつら俺の従魔なのか？」

今更《いまさら》ながらのクルスくんの質問だが、

「それだけ懐かれてればね。俺の、自分の魔力を分け与《あた》えるっていうやり方は、特殊《とくしゅ》な方なんだと思うよ。むしろクルスくんみたいのが普通《ふつう》の従魔じゃないかな？　ほら、チーズの村のミルホーンも、特に魔力を通してないけど飼われてたでしょ？」

「そういえば、あのミルホーンも従魔なのよね？」

「むしろあれが普通の従魔なんだけどね」

「シュウの従魔とはどう違うんだ？」

「ん〜、俺は魔力を通すやり方しか知らないけど、従魔と意思疎《そ》通《つう》出来るのは大きな違いじゃない？」

「なるほど！」

そんな風に、皆で従魔について話していると、日が沈《しず》みかけてきたので、慌ててコボルト達の話に戻《もど》した。

「それで、コボルト達はどこで暮らすんだ？」

「まぁ、町で暮らすのは難しいからここかな？」

コボルト達は見た通り小さいので、町で暮らすのは難しいだろう。それに森からもあまり離れたくないだろうしね。だったらおじいさんの家、牧場で暮らすのが良いだろう。

「なら、ミルホーン達と寝《ね》るのか？」

「と思ってたんだけど……」

俺がコボルトの方を見ると、他の皆も釣《つ》られてそっちを見た。そこにはいつまでもクルスくんにしがみつくコボルト達がいた。

「離れないな……」

「離れないわね……」

こうなると、クルスくんと一緒じゃないと暮らすのは難しいだろうなぁ。

「しょうがない。クルスくん、この子達と外で寝て」

「は？　なんで？」

「なんでって、この子達がクルスくんから離れないからね。一緒に寝てほしいんだけど、さすがに家に全員は入れないよ。かといって、ミルホーン達の所で寝るのも嫌でしょ？」

「そりゃあ、まぁ……」

「だから、とりあえず外でテント暮らししてくれない？　その間に家を作るからさ」

まぁ、テントも改造したものなので中には余裕《よゆう》がある。それこそ、クルスくんとコボルト達が使っても十分な広さがあるほどだ。

さっそくテントの準備中に、ベッドを用意した。さすがに一人用のベッドなので寝るときにコボルト達は離れてくれたのだが、コボルト達の寝る場所が問題だった。なぜか彼らは、ベッドを嫌がったのだ。どうしたものかと考えていたら子狼《おおかみたち》達が通訳をしてくれて、ミルホーン達のように藁《わら》を敷《し》いて寝ることになった。今までも落ち葉等を敷いて寝ていたので、これが落ち着くらしい。今度コボルト達に、ベッドや毛皮を試《ため》してみようっと。


今日、俺達はまた森にやってきていた。昨日中断した果物狩りの続きをしたかったのだが、コボルト達の家を作らないといけないので材料の木を切りにきたのだ。

「今日はどこまで行くんだ？」

「そんなに遠くまでは行かないよ。というか行けないでしょ？」

「まぁな……」

そう言うクルスくんのまわりには相変わらずコボルト達が抱きついていた。本当は連れてきたくなかったのだが、クルスくんから離れてくれないのでしょうがない。コボルト達を連れていきたくないのは、彼らが戦力としては頼《たよ》りないからなのだが、クイーン達が張り切っているのがちょっと不安だ。


その後、何本も木を切ったのだが思わぬ発見もあった。コボルト達が予想以上に役立ったのだ。親コボルトと会ったとき、彼らが木の棒を持っていたので試しに枝を切る作業をやらせてみたのだが、器用に道具を使えることが判明したのだ。さすがに小柄《こがら》なので力仕事は無理のようだが、これから色々やらせてみるのも面白《おもしろ》いかもしれない。

「キャンキャン」「キャイ〜ン」「クゥ〜ン」

作業を続けていると、周囲を警戒していたクイーンがオークを一匹連れてきた。おそらくコボルトのレベルアップの為《ため》だろうけど、どうなのだろう？　重い物は無理そうなので短剣《たんけん》等の軽めの武器を持たせてみたのだが、怖《こわ》がってオークに近づこうとしなかった。

焦《じ》れたクイーンが、コボルトに後ろから「早く戦え！」と吠えているが、丸まって悲鳴をあげていた。

「クイーン、これは無理じゃない？」

「いきなりモンスター相手は無理だろ」

「何か、適当な動物から始めたらどう？」

あまりの怯《おび》えっぷりに、俺達はクイーンに妥協案《だきょうあん》を出した。クイーンも少し悩んだが、結果的にコボルトを見て諦《あきら》めてくれたようだ。そして、クイーンは自らオークを倒《たお》すと、すぐに獲物《えもの》を探しに向かった。

ほどなくすると、クイーンが小ぶりな猪《いのしし》を追い立ててきた。俺は慌てて落とし穴を作ると、猪は見事にそれに落ちていった。

「クイーン、いきなりは危ないよ！」

「ガゥ」

クイーンはあまり反省していないようだ。今の俺達なら怪我《けが》せずに倒せるだろうが油断は禁物だ。

「で、これをコボルト達に倒させるのか？」

「ウォン！」

準備もなしに、いきなり倒せと言われても困ると思うんだけどなぁ？　と思っていたらコボルト達が動き出した。

コボルト達は穴に近づき、周りにある石を拾って、猪へと投げ始めた。一応急所を狙《ねら》って投げているのか、時折「プギィー」と悲鳴が聞こえる。普段《ふだん》からやりなれているようで、子コボルト達が石を拾い、親コボルトがそれを投げる係と、分担と動きがとてもスムーズだった。

そして、石を投げ続けること数分……「ブゴー」という猪の声が聞こえコボルトは石を投げるのをやめた。どうやら猪を狩《か》ることが出来たみたいだ。コボルト達はその後、ナイフを持ち猪の解体までし始めた。

「あれ、こいつら思った以上に慣れてねえか？」

「オークは怖がってたのにね」

疑問に思ったのでクイーンを通して聞いてみたのだが、集落で罠《わな》を使った狩《か》りをしていたらしい。それも俺達と同じ落とし穴を使ったものらしかった。

解体も見ていたが、血抜《ちぬ》きや毛皮の剥《は》ぎ取りなど、自己流で多々甘《あま》いところもあるが教えれば上手《うま》くなりそうだ。


「準備はいいか？」

「「キャン！」」

ある程度木の伐採《ばっさい》の目星がついたところで、コボルト達の戦闘《せんとう》訓練をすることになった。動物は狩れるみたいなのでオークと戦う方法を相談したところ、近づくのが怖いと言われてしまった。それならばと弓を渡したのだが、単純な力不足で上手く飛ばせなかった。そこに妹ちゃんの「ぼうがんは？」の一言で、昔作ったボウガンをコボルトに渡してみたところ、なんとか使うことが出来た。何度か練習し、いよいよ本番となった。

森の奥からクイーンの鳴き声と共にオークが現れた。先頭に立つのはクルスくんだ。コボルト達が離れてくれないのでしょうがない。そのコボルト達はクルスくんの後ろからボウガンで狙い撃《う》つ。当然すぐに当たるわけもなく外れるのだが、子コボルトが一生懸命《いっしょうけんめい》矢を番《つが》えてくれるので続けて放つことが出来た。オークはクルスくんを警戒し近づかないが、その間にコボルトの矢は次第《しだい》に狙いが確かになっていった。このままじゃジリ貧だと思ったのか、オークが走ってきたが、こちらに接近される前に、なんとかボウガンで倒すことが出来た。

それからしばらくして。

俺は完成したコボルト達の家を見つめていた。完成と言っても俺達が作った家ではない。コボルト達が自分で作った家だ。最初はコボルト達に作らせるつもりはなかったのだが、作る家が人間用の家だと教えたところ、家畜《かちく》用の小屋の方が良いと言い出し、集落に家があったのを思い出したので試しに作らせてみたのだ。

コボルト達は見た目によらず色々な道具を使うことができた。ボウガンを使えたのでその後色々な道具を試してみたのだ。だいたいだけど、細かい作業までは難しいが簡単な道具なら使える感じかな。ノコギリやトンカチは問題なかったので、家作りは大丈夫だろう。……と思っていたのだが……。

集落を見た感じ、それほど大きな家は無かったはずなので十分な量の木材、板を出したのだが、コボルト達はそれではなく別の物を欲《ほ》しがった。それは、木を切っていた時に出た枝だった。何に使うのかはわからないが、たくさん余っているので多めに渡すことにしたのだった。その後、皆と離れ、人手がないので一人で作業を始めて数時間。小屋は何度か作っていたのでなんとか一人でも進んでいったのだが……。

「おーい、来てくれー！」

クルスくんの声に、そこに行ってみるとどうやらコボルト達が家を完成させた、とのことだったのだ。

そして今に至り、コボルト達の家をこうして見ているのだが……。

「これ、おうち？」

「私には枝が山になっているようにしか見えないんだけど……」

「テントっぽくはあるよね」

と口々に疑問を並べる。答えを知ってそうなクルスくんもよくわかっていないようだ。

コボルト達の家は大きめの枝を三角錐《さんかくすい》になるように並べ、その上に大きな葉っぱを屋根がわりにしていただけだった。

「集落を見て、てっきり蟻にかなり壊《こわ》されたんだと思ってたけど、実はそうでもなかったのかしら？」

「むしろ道具が無かったら、これだけ作るのも大変じゃない？」

「そういや集落には、大工道具どころか武器も無かったな」

「コボルト達は解体が出来たから、ナイフくらいはあったんだと思うよ？」

ひとまずコボルト達は家？　の出来に満足し、今は中に藁《わら》を敷き詰《つ》めているが、これはどうなんだろう？　雨漏《あまも》りなんかも心配なので、早めに小屋を作ったほうがいいかもしれないなぁ。


ということで、木工組の手も借りて、二日後にはコボルト達の小屋は完成した。それぞれの部屋や台所などを作ろうとしたのだが、想像以上にコボルト達は自分達で作った家を気に入っているようだった。なのでこちらも、コボルト達が気に入るように簡素な小屋にしたのだが、これって大きい犬小屋か⁉

壁《かべ》があって屋根があって入り口はドアがない。うん、犬小屋だな。いや、コボルトの家だから合ってるのか？

そんな俺の葛藤《かっとう》など気にした様子もなく、集まったコボルト達はシンプルな作りを気に入ったようで、こちらにも藁を敷き詰めて寝床《ねどこ》を作り始めた。コボルト達の自作の家では狭《せま》くてダメだったが、こっちにはクルスくん用のベッドも設置してある。なので、せめてコボルト達が興味を示してくれれば良いのだが……。


その後、コボルト達とクルスくんはテント、コボルト作の家、俺作の家と順番に過ごした結果、コボルト達《たち》の居場所が決まった。俺達の気遣《きづか》いが及第点《きゅうだいてん》を貰《もら》えたのかクルスくんに頼まれたのかはわからないが。彼らは結局、俺作の犬小屋？　風の家で暮らすことになったのだった。

コボルト達が小屋に住み始めてから一週間ほどたった。うまく生活に馴染《なじ》めるか不安だったのだが、予想以上に順応して生活していた。食事についても、最初は何を食べるかわからなかったものの、結局は雑食なのか何でも食べたので安心した。

コボルト達はこの一週間、じっとしているのが耐《た》えられないというくらいに活動していた。

まずはコボルトの集落の確認《かくにん》。

生き残りがいないか毎日見に行き、仲間が来たときにわかるように各所にマーキングをしていた。そのときにコボルト達が「ワオ～～～～ン」と遠吠《とおぼ》えをしたのだが、おそらく仲間に無事を伝えようとしたのだろう。が、代わりに近くにいたモンスターを呼び寄せてしまい、彼らは逃げ回《まわ》る羽目になってしまった。しかし、クイーンにとっては戦う相手が来てちょうど良かったらしい。さらに、その惰弱《だじゃく》さを見かねたのか、コボルト達へのスパルタ修行《しゅぎょう》が始まってしまったのだった……。

一方、牧場でもコボルト達は器用さを発揮していた。餌《えさ》やりや小屋の掃除《そうじ》は道具を扱《あつか》う器用さがあったので問題無かったのだが、狼達がしてくれている牧羊犬的な仕事まで、彼らは巧《うま》くこなした。詳しくいうと、牧場からミルホーン達が森へ行かないように見回りをしてくれたのだ。いざ必要があるとみれば、コボルト達は四足歩行で走り出し、見事に牧羊犬代わりとなってくれていた。ただ、見た目通り小さくて力がないので、あまり迫力はないのだが……。

コボルト達に話を聞いてみたところ、二足歩行でも四足歩行でも活動出来るとのこと。しかし、四足歩行での能力はクイーン達狼《たちおおかみ》より劣り、二足歩行ではクルスくんのような狼族（犬族？）に劣るらしい。

なんとも中途半端《ちゅうとはんぱ》な気もするが、クイーンはコボルト達をずいぶん気に入ったようだ。コボルト達もはじめは怖がっていたが、段々クイーンを群れのボスと認識《にんしき》し始め、共に活動するようになっていた。……たまにクルスくんの側《そば》に引っ付くことはあったが。

そして、クイーンが気に入ったということは、当然修行もより厳しくなっていった。力が弱いコボルト達に狩りは大変だろうと、一応ボウガンやボーラ、ナイフを渡してみたのだが……よく考えると、最初に俺が森に行っていた頃《ころ》の装備に似ているな。

あの頃は『アイテムボックス』があったから重い荷物は持たなかったけど、コボルト達にはきついかな？　そう思って、彼らに魔法《まほう》の鞄《かばん》を作り持たせたのだが、それがいけなかった……。

今までは獲物を持ち帰れなかったので、クイーン達は自分らだけで狩りに行くことが出来なかった。だが、コボルト達の魔法の鞄の存在を知ったことから、今まで以上のペースで森に行きまくるようになってしまったのだ。付き合わされるコボルト達には、悪いことをしてしまったな……。

そんな生活をして一週間が過ぎた頃。

あれ、見間違《みまちが》えだろうか？　コボルトが増えている？

「ワンワン」

「キャンキャン」

「ガウガウ」

うん、鳴き声が増えてるな。最初にいたコボルト達はクルスくんに似ていたが、今見るとチワワのようなコボルトや秋田犬のようなコボルト、ブルドッグのようなコボルトまでいる。

「お～い」

いつの間にか仲良くなって、子コボルト達と走り回っていた妹ちゃんを呼んでみた。

「なぁに？　おにいちゃん」

「もしかして、コボルト増えた？」

「うん！　くるすくんのおともだちいっぱいきたの！」

「アンアン」

「キャンキャン」

俺達の会話がわかるのか、子コボルト達は鳴きながら周りを走り続けていた。

妹ちゃんの話によると、散り散りになり行方《ゆくえ》不明だった集落の仲間達が、マーキングや遠吠えから生き残りの存在を知り、匂いをたどってやって来たみたいだ。

俺《おれ》の知らないところで食事や睡眠《すいみん》をとり、やっと動けるようになったらしい。

犬小屋……コボルト達の家を見に行くと、いつの間にかコボルト作の家がいくつか出来上がっていた。どうやら森に出掛《でか》けていたときに、魔法の鞄で材料を集めていたみたいだ。

その後もコボルト達は数を増やしていったので、新しく長屋風な犬小屋を作ってあげた。その後、彼らは乳搾《ちちしぼ》りや畑仕事なども手伝ってくれるようになった。どうやらこの牧場に新しい仲間が出来たようだ……。

「ねぇ、シュウ、結局あのコボルト達は従魔にしないの？」

「あの子達はもうしなくても平気じゃない？　それに、俺よりクイーンやクルスくんに懐いてるから、俺が主人ってのもおかしいし」

「そういえばクイーンにもようやく慣れたみたいね、あの子達」

コボルト達を見つけてから数週間、幸運なことに彼らは誰一人《だれひとり》欠けることなく集まることが出来たらしい。そして、そのまま牧場に新しい集落を作って、暮らし始めてしまった。

おじいさんの結界やクイーン達が周辺の見回りをしているので安心して暮らせると喜び、代わりに牧場や畑の手伝いをしてくれるので、お互い良好な関係となった。

最初のコボルト達だけなら従魔にすることも考えたのだが、後から来たコボルト達もなぜかクルスくんを気に入り、クイーンに頭が上がらない様子だったので、彼らはクイーンに預けることにした。クルスくんも、ある意味クイーンの配下みたいなものだからね。

そして今、俺達はコボルト達のことが落ち着いたのであの時の続き、果物採取にやって来たのだった。あの時から時間が経《た》っているので採れる果物も変わったりしているが、それでも森にはたくさんの果物が生《な》っていた。

俺達が採取をする場所はほとんどの冒険者《ぼうけんしゃ》が使う道からは外れているので、人と会うことは滅多《めった》に無い。人が来ないということは果物も採られることはないので、いつも大量に収穫《しゅうかく》できるわけだ。

正直これだけ採れるなら他《ほか》にも人がいると思ったのだが、果物一つより薬草の方が高く売れるし、町の人も自分達の分は、森のメジャーなスポットで十分《じゅうぶん》間に合うのだ。そもそも昔からの癖《くせ》で、できるだけ人に会わないように行動していたこともある。なので、採取の途中《とちゅう》人に会うのはとても珍《めずら》しいことだったのだが……。


「ウォン！」

「おっ、誰か来るぞ？」

「冒険者かな？」

「この辺に来るなんて珍しいわね」

以前のぴーちゃんの時のように、稀《まれ》にこの辺りを探索《たんさく》している冒険者はいる。そんな時はクイーン達がいち早く気づいてくれるので、隠《かく》れてやり過ごすのが常だった。この日も早くに気づいたので隠れていたのだが、様子がいつもの冒険者と違《ちが》うことに気づいた。なぜなら一人しかいないようだったからだ。

「一人かな？」

「多分な」

「この辺りは危なくないとは思うけど、一人で来るのは珍しいわね」

最初に森に来た時の俺は例外だが、普通は何があるかわからないので数人で採取に来るのがセオリーになっている。それでもあえて一人で来るというなら、その場合は、よりメジャーな人が多い所で採取するのが普通だ。だから、こんな外れで一人でいるのは珍しいのだ。

「どうする？」

「いつも通り隠れてやり過ごそう」

「わかったわ」

俺達は気配を消して、相手が通りすぎるのを待つことにした。しかし、その人物はなぜかこちらに真《ま》っ直《す》ぐ向かって歩いてくるのだった。

（おい、なにかこっちに向かってないか？）

（真っ直ぐ来てるね）

（移動する？）

（もう遅《おそ》いかも）

「お〜い、誰《だれ》かいるか？」

判断に迷っていると、謎《なぞ》の人物は立ち止まりこちらに声をかけてきた。

（どうする？）

（相手は一人だし返事はしないと）

（こっちに気付いてるみたいだしね）

（なら俺が出ていくよ。クルスくん達は何かあったら助けてね？）

（任せろ！）

（気を付けてね）

（ウォン！）

話し合いの結果、俺が返事をすることになった。大抵《たいてい》の交渉事《こうしょうごと》は俺の担当だからだ。他の皆《みな》には襲《おそ》われたときの為に備えてもらう。

「いますよ～、誰ですか～」

声を出しながら隠れていた所から出ていく。あまり大きな声を出すとモンスターが寄ってくるかもしれないから注意しないと。

「あぁ、良かった。少し話をしたいんだが良いかね？」

そう言いながら現れたのは……熊《くま》、だった。

森の中で熊と出会う。なんとも童話のような出来事だ。まぁ、普段から熊型モンスターと戦ったりしているので珍しくはないのだが、今回は話す熊、もといおそらくは熊族の人だからだろう。

「話ですか？　こんな森の中で？」

俺も警戒《けいかい》しながら熊族の前に出る。その姿は典型的な旅装であり、あまり冒険者には見えない。まぁ、こんなところに来る旅人はいないんだけどね。

「それに、あなたは誰ですか？」

続けて質問をする。こちらは冒険者風の格好をしているので違和感《いわかん》はないが、相手の熊族には違和感しかないからね。

「俺はガイ、行商人だ。ほれ、ギルド証もある」

「行商人？　こんな所にですか？」

「あ〜、まぁちょっと事情があってなぁ。それで、お前さん、というかお前さん達に頼みがあるんだが……」

あら、仲間がいることはバレてるのか。見た感じ、隙《すき》もないし強そうだな。気になったので『鑑定《かんてい》』してみたが、やっぱり強いなこの人。レベルも高いしスキルもある。それがなんで行商人？

「頼み、ですか？」

クルスくん達仲間のことは話さず、まずは頼みの内容を聞く。

「あぁ、良ければなんだが、君達が採取した薬草を買わせてもらえないか？」

「薬草をですか？　それなら町で買えば……」

「普通ならそうなんだが、今あの町では買えないんだ」

その後、何度か問答した結果わかったこととしては、熊の行商人は元冒険者ながら、現在は行商をして暮らしているらしい。そして、ある時儲《もう》かる場所があると聞き、この町へとやって来たのだとか。だが、話に聞く薬草類は商業ギルドでは品切れ、ほかの商店では、熊族ということで法外な値段を吹《ふ》っ掛《か》けられたらしい。その為、自分で採取し、あわよくば直接買い付けようと考えてここに来たのだとか。

「なら、もっと人が多い所にいた方がいいんじゃないのか？」

話を聞くうちに問題無さそうと感じ、クルスくん達も近くに寄ってきていた。まぁ、ある程度の距離《きょり》は空けているが。

「最初はそっちに行ったんだがな、みんな断られたんだ。『お前らに売るやつはねぇ！』ってな」

「相手が悪かったんですかね？　なら獣族や獣人族の冒険者っぽく見えたからダメだったとか？」

「いや、彼《かれ》らも売ってはくれたんだが、別に頼まれたぶんもあるからと、少ししか買えなかったんだ」

「それで、俺達《おれたち》に？　よくこんな所まできましたね」

「いや、君達は偶然《ぐうぜん》見つけたにすぎないよ。売ってくれる人がいないから自分で採取するしかないと探し回ってたら、君達がいたんだ」

確かに買えないなら自分で見つけるしかないか。あぁ、だから格好が旅装なのかな。

「ちなみにどれくらい必要なんですか？」

「売ってくれるのかい？　なら、あればあるだけ買いたいが……」

その後、俺と熊の行商人の交渉が始まった。……が、それはすぐに終わった。彼が提示した買取価格は、商業ギルドの販売価格《はんばいかかく》と同じなのでこちら側は十分得だったからだ。また、こちらが出せる薬草類も余裕があったため、種類、量、共に多く、熊の行商人がお金が足りないと困るほどだった。

その後妥協案として、彼は、自分が売るために持ってきた品物とそれらを物々交換《ぶつぶつこうかん》しないかと持《も》ち掛けてきた。正直何があるのかはわからないが、普通に売れるものを持ってきているはずなので、まずは品物を見てからということで、話はまとまった。それから後日、俺達の屋台で再会する約束をして、その日は別れることになった。

「これ、全部君達が作っているのかい？」

屋台に置いてある品物を見ながら、熊の行商人は俺に質問してきた。

「基本的には、自分達で採ってきた物か作った物しか置いてないですね」

俺の言葉を聞き、彼はまた商品を見定め始めたのだった。

熊の行商人と会ってから二日後、彼はちゃんと屋台にやって来て、改めて商談を始めることとなった。隣には商業ギルド証を持つ子が付《つ》き添《そ》っている。本当なら商人同士で話をしてもらいたいのだが、普段からこういう交渉は俺がしていたので、不安だからと一緒《いっしょ》にやることになったのだ。

これがどこかの商会なんかだと取引量が多かったりするので大変だが、行商人なら練習としてちょうどいいかもしれない。

「珍しい模様ね」

「こっちの布もキレイ」

「森で見ない薬草ね」

「あっ、岩塩じゃない種類の、ちゃんとした塩だ！」

「これは宝石か？」

こちらは孤児院《こじいん》の職人達。彼らが見ているのは、熊の行商人が持ってきた商品達だ。彼は普段から歩いて行商しているらしく、あまり量を持てないのだとか。そのため、種類を多く持ち注文を受けて売るスタイルだそうな。

ちなみに商品を覗《のぞ》いてる中には、妹ちゃんとサクヤちゃんもいる。行商人が来ることを話したら「見てみたい」と孤児院にやって来たのだ。サクヤちゃんは昔に比べて、ずいぶん活発になってきた。これはまあ、良い変化なのかな？


そして、交渉が始まったのだが。

「こっちのこれとこれが……」

「なら、これとこれで……」

「これはいくら？」

「これは買わないの？」

なぜか職人組が交渉に加わり、収拾《しゅうしゅう》がつかなくなってしまった。仕方がないので俺が話をまとめ、なんとか交渉を終えることができた。職人組が加わったのは熊の行商人の商品を買いたかったからのようだが、元々ある程度買う予定だったので、彼等《かれら》の努力は無駄骨《むだぼね》になってしまった。

熊の行商人の方も商品がほとんど売れたので、代わりに乾燥《かんそう》した薬草類や魔法薬などを中心に揃《そろ》えていた。一番喜んでいたのはシルクスパイダーの糸から作った布だろうか。これなら王都でも高く売れると息巻いていた。


「あっはっはっ、これは美味《うま》いのう」

「そうだろう、そうだろう、これは俺のとっておきだからな！」

所変わってここは孤児院の食堂。交渉が終わり、良い時間だったので屋台も店仕舞《みせじま》いで晩御《ばんご》飯《はん》にしたのだが、ついでに熊の行商人も晩御飯に誘《さそ》ったのである。彼は取引の最中から、ずっとスープの香《かお》りに心を引かれていた様子だったからだ。

食事はスープにお肉にパンというものものだったが、熊の行商人は「美味い、美味い」と食べていた。そこへ普段一人でお酒を呑《の》んでいるおじいさんが、

「いける口じゃろ？」

「遠慮《えんりょ》なくいただこう！」

と意気投合。そのまま、二人で呑み始めたのだ。冒険者組も一人前とはいえお酒は呑まないので、おじいさんは一人で呑むのが寂《さび》しかったのかな？

おじいさん達は最初はワインを呑んでいたのだが、気分を良くした熊の行商人が「これは売り物では無いんだが」と言って自分の荷物からお酒を取り出し、それを呑み始めたのだ。なんでも彼の奥《おく》さんが作ってくれたハチミツ酒らしい。

「むむむ、しかし本当に美味いのう。今まで呑んだハチミツ酒で一番かもしれんな」

「おっ、嬉《うれ》しいこと言ってくれるね」

「おぬし、これは売らんのか？」

「そう言ってくれるのはありがたいんだが、これは俺の嫁《よめ》さんが作ったもんで量がないんだ」

「ならば、作ってもらうことは出来んのか？」

「まぁ、材料があればな。ただ、良いハチミツは高いからな、美味いハチミツ酒を呑みたければ、良いハチミツを用意しないとな。ちなみにこのハチミツ酒は、ハニービーのハチミツだから貴重なんだぜ？」

「なるほど！　ハニービーのミツか！」

なぜかおじいさんは、そう強調して呟《つぶや》きながら、俺の方を見てきた。なにか、嫌な予感しかしないんだが……。

「おはようございます。本日はどのような御用件《ごようけん》で？」

「えっと、ギルド証のランクアップと、新しくギルド証を貰いたいんですけど」

「畏《かしこ》まりました。それでは確認させていただきます……」

俺達は朝から商業ギルドに来ていた。目的はギルド証を手に入れるためと、元々ギルドに入っていた子のランクアップ。

ギルド証を手にいれる目的は各町をスムーズに通るため。冒険者ギルド証でも大丈夫《だいじょうぶ》なのだが、そちらは年齢《ねんれい》制限に引《ひ》っ掛かる。その点商業ギルドなら、丁稚奉公《でっちぼうこう》のような制度があるので、幼くてもギルド証が貰えるのだ。まぁ、商業は政治的にややこしいので、色々な条件があったりするのだが……。今回は普段から商業ギルドにポーションの類《たぐ》いを卸《おろ》していたのが幸いし、問題なくギルド証を手に入れることが出来た。

クルスくん、イリヤちゃん、妹ちゃんは、一番下のギルド証。俺はなぜか、その上のランクアップしたギルド証となった。お金がかかるので一番下ので良いと言ったのだが、『アイテムボックス』を持ってるし、何かにつけて矢面《やおもて》に立つことが多いからとこれにされた。

ギルド証を手に入れた理由でもあるのだが、その後、俺達は熊の行商人の奥さんの所へ向かう事となった。理由はおじいさんがハチミツ酒を欲しがったためだ。

普段からお世話になっているので、ハチミツ酒を頼《たの》むのもおじいさんにハニービーのハチミツを分けるのにも異論はない。そして、熊の行商人と意気投合したおじいさんが一人で行くのだと思ったのだが、なんとこのじいさん、「サクヤと離《はな》れたくない！」と言い出したのだ。

しかし、サクヤちゃんも旅に出たいわけでもないし、ハチミツを取られたので少しむくれている。だがここでおじいさんは起死回生の一手を打った。妹ちゃんの説得に走ったのだ。

「今度、ちょっと旅をしてみんか？　サクヤとシュウと一緒に、な？　美味《おい》しいものが食べられるかもしれんぞ？」

「いくー！」

この言葉に妹ちゃんは乗り気になってしまったのだ。もちろん俺は妹ちゃんの願いを断れるはずもなく、そして、サクヤちゃんも妹ちゃんの勢いに押《お》され旅に出ることになってしまったのだ。

そうなると話はどんどん進み、俺と妹ちゃんが行くのでクルスくんとイリヤちゃんが参加することになった。そして、どうせ行くなら色々売りに行こうとなり、商業ギルド証を持つ子が加わり職人組も色々と売るものを作り始めた。

おじいさんがいればどうとでもなりそうな気もするが、人数が増えたので冒険者組に護衛を頼むことになった。この時、熊の行商人の助言で冒険者組に指名依頼《いらい》を出しておいた。こうすることで冒険者は依頼を受けられ、ランク維持《いじ》もしくはランクアップを狙える。さらに、商人お抱《かか》え冒険者の箔《はく》がつくとのこと。手数料が少しかかるが、大きい商会や有力な冒険者には良くあることらしい。

その後も商業ギルドで他の街で高く売れる商品を聞いたり、逆にここで高く売れる他の街の名産品を聞いたりした。

それから冒険者組は旅に必要な物の買い出しをお願いした。護衛の時に商人達が何を使っていたか思いだしてもらったのである程度の物は揃えられるだろう。また、先輩冒険者《せんぱいぼうけんしゃ》からよその街の情報も聞いてもらった。名物料理なんか聞き出せたらありがたいんだけどなぁ。

おじいさんはハニービー達と孤児院の子供達とハチミツの取り合いをしていた。ハニービー達はギリギリの量までくれたのだが、孤児院の子供達は泣いてしまったのでおじいさんは泣く泣く孤児院にハチミツを渡《わた》していた。

そんなこんなで熊の行商人が旅立つ準備が出来たと言うので、ついに俺達は旅に出ることになった。

「シュウ、あなたは一人でなんでもやってしまうけど、皆で協力していくのですよ？　他の子の言うこともきちんと聞くのですよ？　それと、クルスから目を離してはいけませんよ」

熊の行商人との旅立ちの朝、俺は院長先生から色々と注意を受けていた。まぁ、前科があるのでここは我慢《がまん》して聞いていよう。

以前に泊《と》まりの練習もさせてもらえなかったので、院長先生からの許可は難しいと思っていたのだが、おじいさんと熊の行商人が頭を何度も下げ、なんとか院長先生の許可を取ってくれたのだ。俺と妹ちゃんが行かなければサクヤちゃんは行かないので、当然と言えば当然なのだが……。

「ん？　なんだ、坊主《ぼうず》ども、今日は森に行かねぇのか？」

孤児院で出発の挨拶《あいさつ》をし、町の門、いつもの竜《りゅう》の森へ向かうのとは反対方向の門へたどり着いた。そこにはいつもの門番のおじさんが立っていた。

「おう！　今日は行商に行くんだぜ！」

クルスくんが旅に興奮して答える。

「なるほどな、なら冒険者どもは護衛でじいさんは付き添いか。ん？　あんたは確か行商人だったな。ならあんたについてくってことか」

さすが長年？　門番をしているだけはある。クルスくんの一言である程度の状況《じょうきょう》を把握《はあく》したようだ。

「じいさん、あんたほどの冒険者なら大丈夫だと思うが子供達に怪我をさせるなよ！　それと、坊主どももじいさん達大人の言うことをしっかり聞いてちゃんと帰ってこいよ！」

「うむ、任せろ！」

「「はい！」」

「ヒヒィ～ン」

「ウォン！」

「「ウォン！」」

「おう、お前らもしっかりご主人様を守るんだぞ」

俺達もいるとばかりに自己主張したステップホースにクイーン達、彼らにも門番は頭を撫《な》でながら話しかけていた。

その後、もらったばかりのギルド証を見せ町を出発した。

「なあ、シュウ、お前あの門番知ってるよな？」

「知ってるよ。だから話をしてたんでしょ？」

町を出発し少し歩いた所で冒険者組から話しかけられた。

「お前ら、あの門番に会わなかったことあるか？」

「ん〜、ない……かな？」

「あのおっちゃん、いつもいるぜ？」

「そうね、見ない日は無いわね」

「いつもいる〜！」

俺以外のクルスくん、イリヤちゃん、妹ちゃんも記《き》憶《おく》を探《さぐ》ったようだが、やはりいつも見ているとのこと。

「実はな、俺達もいつも見てるんだよ」

「？？？　それがどうかしたの？」

「門にいるんだから、自然に会うんじゃねぇの？」

俺もクルスくんも、彼らが何が言いたいのか良くわからなかった。

「だからな、俺達が竜の森に行くときも、護衛で他の町に行くときも会うんだよ！」

「「えっ？」」

つまり俺達が竜の森に行くときだけでなく、冒険者組が街から出るとき……つまり、別の門を使っているのに、やっぱり必ずあの門番がいるってこと⁉　なにそれ、怖《こわ》い！

冒険者組から妙《みょう》に怖い話を聞かされ、真相どころか深まるばかりの謎に悶々《もんもん》としながら、とりあえず次の村との中間地点の広場に到着《とうちゃく》した。ここはフレイの町からも隣村からも徒歩一日位の所にあり、順調に行けば明日着くことが出来る。

俺達は冒険者組の指示のもと野営の準備を始めた。冒険者組は何度も経験しているし、俺達も前に練習したので手間取ることもなく準備は完了《かんりょう》した。何日も続けて野営をすることはないので、持参しているが薪《まき》拾いや水汲《みずく》みの練習をしておく。

食事もスープ、柔《やわ》らかいパン、クイーン達が狩ってきたお肉と、普段《ふだん》の食事とあまり変わらない物になった。

「なんか、何にも起きないな」

「何か起きたら大変でしょ！」

「それはそうなんだけど、モンスターに襲われるとか盗賊《とうぞく》に襲われるとかないのかな？」

「少なくともこの辺りなら大丈夫だ。護衛の仕事が楽で良いけどな」

クルスくんのお馬鹿《ばか》な話に、イリヤちゃんと冒険者組が返事をした。この辺りは竜の森の影響《えいきょう》であまり見慣れないモンスターはおらず、盗賊も交通量が多いので出ないそうだ。確かにこの広場にもいくつもの馬車やテントがある。

「さて、そろそろ寝《ね》るか。じゃあさっき言った順番で見張りだ」

こういう場所ではモンスターや盗賊以外に、他の商人や冒険者にも注意しなくてはならないらしい。いわゆる泥棒《どろぼう》だ。依頼とはいえ、商人組以外は戦えるので順番に夜の警戒をする。妹ちゃんとサクヤちゃんは出来るところまでね。

何事もなく次の日になり、野営の片付けを終え出発した。普通《ふつう》なら夕方には着くとのことだったが、従魔《じゅうま》が引く馬車は速く走り、熊の行商人も予想より早く歩いたために、予定外に早く村へ到着した。


「「「こんにちは～」」」

「おう、元気な子達だな。行商か？」

「「「はい！」」」

「うむ、そのとおりじゃ」

「うるさくてすみませんね、はいこれ、ギルド証です」

隣村《となりむら》に着き、門にいるおじさんに挨拶をした。

この村は少し頑丈《がんじょう》な柵《さく》で覆《おお》ってるだけのようで、門にいるのも兵士ではなく村のおじさんが槍《やり》を持っているだけらしい。近くには別に、槍を持った老人が椅子《いす》に座《すわ》ってるので、あのおじいさんも門番なのかな？

挨拶をして大声に驚《おどろ》かれたが、おじいさんと熊の行商人が対応してくれたので問題なく村のなかに入ることが出来た。

「今、宿は空いてるからな、好きな宿を選べるぜ」

「我々でも泊まれる宿はどこにあるか教えてくれるか？」

門番のおじさんはまだ時間も早いため好きな宿を選べると言ってくれたが、熊の行商人は泊まれる宿を確認していた。

「よし、宿は聞いたから行こう」

「ゆっくりしてけよ～」

門番のおじさんに手を振《ふ》り村に入っていく。

村の中はあまり人がいないみたいで閑散《かんさん》としていた。お店もどうやら少ないみたいで見当たらない。

「なぁ、人が全然いないな」

クルスくんも同じことを思っていたみたいだ。

「まぁ、この村は元々農村だったからな。今は竜の森に行くために宿場町のようになっているんだ」

冒険者組の子が、そう教えてくれた。宿屋と少しの商店以外は皆畑仕事をしているとのこと。

ちなみに護衛の仕事のときに商人から聞いた話だそうだ。

「そういえば、なんで宿を聞いてたんですか？」

「そうそう、好きな宿選べるって言ってたじゃん」

質問ついでに俺も質問してみる。クルスくんも冒険者組の子も不思議がっていたみたいだ。

「あ～、冒険者の子達なら平気だが俺やこの子達だと、良い宿は断られる可能性があるんだ。冒険者用の宿なら大丈夫な所も多いんだが、ここにはそんなのは無いからな」

『この子達』――つまりクルスくん、イリヤちゃん、妹ちゃんら獣人族、獣族ってことか。なるほど、差別は就職だけじゃなくて宿なんかにもあるのか。

「王都みたいなでかい街だと、入店すら出来ない店もあるから注意した方がいいぜ」

う～ん、この国？　この世界？　は妹ちゃん達には生活しにくいみたいだなぁ。孤児院で暮らすのが一番いい気もするけど、新しい子がどんどん来る以上、いつまでもいられないからなぁ……。


「はい、いらっしゃい」

門番のおじさんに教えてもらった宿に着くとおばあちゃんが出迎《でむか》えてくれた。他に人の気配がないけど、一人でやってるのかな？

「この人数だけど大丈夫かい？　それと、馬車と従魔がいるんだが」

「はい、今日はまだお客さんはいないから大丈夫ですよ。馬車と従魔も、裏に厩舎《きゅうしゃ》があるからそちらにお願いしますね」

おばあちゃんとのやり取りは熊の行商人が代表してやってくれた。商人組と俺は近くでそのやり取りを見学していた。

結果、部屋は大部屋が二つ（というか、おばあちゃんがいる建物はおばあちゃんの家で、宿は離れた所にある平屋だった）。大部屋といっても商隊用に新しく作った建物らしく男部屋と女部屋しかなかったので貸し切りとのこと。

厩舎に関しても世話は自分たちでやってくれと言われた。

そもそもここは専業宿ではなく農家の副業らしい。その為おばあちゃん以外は畑仕事をしてるとのこと。

食事だけは、村に食堂がないので作ってくれるそうだ。

大きい街や宿場町なら宿屋兼《けん》食堂があるのだがここは最近宿が増えたので建物しか作ってないそうだ。行商人の中には美味しい食堂で宿を選ぶ人もいるそうだ。そういうのもありかもしれないなぁ。

馬車を置きに厩舎に向かうと、広い場所に出た。どうやらここに馬を放し飼い出来るようで厩舎を柵で囲んでいた。自分たちで世話をしろとのことだが、これならほとんど世話はいらないかもしれない。その証拠《しょうこ》にステップホース達もクイーン達も広場を走り始めていた。

厩舎の中には藁《わら》などもすでに置いてあり、あまりすることがなさそうだ。

「ワフッ？」

厩舎を覗いていると子狼《おおかみ》がやって来て、後ろから一緒に覗いたところ、「あれ？」みたいな顔をしていた。

「どうかしたの？」

「ワフッワフッ！」

「あぁ、ほんとだ」

子狼が言うには「ご飯が無い！」だった。確かに宿の人も馬は想定していたので馬用の餌《えさ》はあったのだが、さすがに狼用のは難しいか。となると、『アイテムボックス』にあるのを出さなきゃダメかな？　と思っていたら、

「なんかあったのか？」

とクルスくんがやって来たので、クイーン達《たち》の食事の話をすると、

「なら今から狩《か》りに行ってくる！　まだ暗くなる迄《まで》時間あるしな」

と言って走り出してしまった。確かに予定より早く着いたけど、さすがに狩りに行く時間は……ってもう行っちゃった……。ん？　クルスくんの後ろに見えるのはクイーン達か？　よく見るとおじいさんまで一緒に行っちゃった。まったくしょうがないなぁ。でも、これからの宿でもクイーン達のご飯は考えないといけないかもしれないな。

行ってしまったものはしょうがないと、残ったメンバーで厩舎の支度《したく》と馬車の整備をする。

今回の旅のメンバーは熊の行商人、おじいさん、サクヤちゃん、俺、妹ちゃん、クルスくん

にイリヤちゃん。それと、商人組から二人と冒険者組から六人。従魔達《じゅうまたち》はステップホース親子の三頭にクイーンと子狼達《たち》、それにぴーちゃんだ。残念ながらミュウは子供の世話があるのでお留守番。

馬車はステップホースが引く大型の箱馬車に、少し大きくなった狼車《おおかみしゃ》。この狼車はステップホースの子供も引けるようにしてあるので、クイーン達と交替《こうたい》しながら引いてもらっている。

「よし、じゃあ少し見て回るか」

「案内してやるよ」

「いいの？」

「いきた～い！」

人数も多かったのですぐに仕事が終わってしまい、何をするかと悩《なや》み始めたところ冒険者の男の子達が周辺を案内してくれると言ってきたので、もちろんお願いした。妹ちゃんも興奮気味だ。

「すご～い！」

「うん、凄《すご》いね」

妹ちゃんが口を大きく開けて麦畑を見ている。隣《となり》にはサクヤちゃん。フレイの町にも麦畑や畑はあるのだが規模が違うので凄く景色が良い。

元々農村が大きくなっただけなので畑以外は特に見るものもなく、村を散歩して門の近くに来るとクイーン達の鳴き声が聞こえてきた。

門番のおじさんは狼の鳴き声に驚いたようだ。槍を構えて警戒していたが遠くからクイーン達が近づいて来るのが見え警戒を解いた。

「おい、確かあの狼はお前達のだよな？」

「あ、はい、そうですよ」

「ならあの獲物《えもの》は狼が狩《か》ったのか？」

「あ〜、多分そうですね」

門番のおじさんは近くに来ていた俺達に狼を確認《かくにん》し、クルスくんとおじいさんが抱えてるものについて、質問してきた。その二人は肩《かた》に獲物を担《かつ》いでなぜか走っていた。

「なんであの二人は走ってるんだ？」

「さあ？」

おじさんも不思議がっている。そうこうしているとクイーン達が村に戻《もど》ってきた。

「狩ってきたぞ！」

「大猟《たいりょう》じゃぞ」

「「「ウォン！」」」

二人はそれぞれ猪《いのしし》を担ぎ、クイーン達はウサギを二羽、蔦《つた》で結び首からぶら下げていた。

「確かに大猟だけど、クイーンのご飯だよね？　多すぎない？」

「あまれば村のもんにでもやればいいじゃろ」

「それは助かるな。うちにも猟師《りょうし》はいるが宿屋を始めてから肉が不足がちでな」

俺達の話を聞いていたおじさんも話に加わってきた。

「この辺りは竜の森の影響か、モンスターはあまり出ないから狩りがしやすいんだがなぁ」

なんでも昔は村で賄《まかな》う肉は十分狩れたのだが、最近はこの村を通る人が増えたせいで若干《じゃっかん》肉不足になってるらしい。食料自体は農村なので余裕《よゆう》はあるみたいだ。

門の近くで話をしていると畑仕事から帰ってきた人達が猪を見てくる。中でも村の子供達が物欲《ものほ》しげな目で見ているのに耐《た》えられず、おじいさんと相談し村の広場で宴会《えんかい》をすることになってしまった。


村に泊まって次の日の朝、俺達は出発の準備をしていた。

昨日の宴会は肉がメインだったが、宿屋のおばあちゃんは晩御飯を用意してくれていたのでお肉と共にいただいた。ソーセージ入りのたっぷり野菜スープと焼きたてのパンだったけど、農村だけあってパンも野菜も美味しかった。

朝ごはんは肉入りのスープとパンだった。お肉はもちろん昨日のお肉だ。狩ってきたのは猪二匹《ひき》とウサギだけだと思っていたのに、実は猪だけでなく鹿《しか》や熊も狩っていたらしい。おじいさんが魔法《まほう》でしまっていたらしいが、あの短時間でよくこれだけ狩れたな。よっぽど野生動物があふれてたのかな？　さすがに一晩で食べきれないので、残りは村の人たちに安く譲《ゆず》ってあげた。宿屋のおばあちゃんにもお肉と物々交換でパンを焼いてもらった。

「気をつけて行くんだぞ」

「お世話になりました」

「ばいば～い」

「またな！」

出発の準備を終え、朝ごはんを食べた俺達はさっそく村を出発した。門にいたのは昨日とは違うおじさんだったけど、宴会で仲良くなっているので挨拶をしてくれた。門番はおじさん達で順番にやってるらしい。情報は座ってるおじいさんが共有してくれているとのこと。おじいさんは毎日門で休んでいるみたいだ。


時折クイーン達が獲物を見つけ、護衛を放《ほう》り出《だ》して狩りに行ってしまう以外、旅は順調に進んだ。やがて休憩《きゅうけい》を挟《はさ》みながらも、俺達は野営をする広場にたどり着くことができた。

「このまま行けば明日の昼には町に着くはずだ」

「なんか思ったよりも簡単だな」

「そうだなぁ、俺達の時の護衛依頼もほとんど仕事がなかったからな」

「モンスターも少ないし、盗賊も出ないからな」

野営準備をしながら熊の行商人、冒険者組と話をするのだがクルスくんが暇《ひま》だと愚痴《ぐち》っている。

「次の町を越《こ》えた辺りからは護衛が大事になってくるぞ」

「そうなんですか？」

「あぁ、次の町はこの辺りの商品を集める所だからな。でかい町とでかい町の間は盗賊に注意だな」

「商業都市ってやつですか？」

「そこまでは大きくないだろ。集めるって言っても農作物が中心だからな」

「モンスターも出ないのか？」

「いや、竜の森からは大分離れたからな、ぼちぼち出てくるぞ」

「おっ、やっと出番か」

　基本的に護衛依頼は次の町との往復が多いため、熊の行商人以外は先の情報を知らなかったのだが、これからはモンスターや盗賊に注意が必要になるとのこと。まぁ、盗賊はモンスターと違《ちが》い相手を選ぶのでクイーン達がいれば襲われることは無いだろう。熊の行商人は一人だったために金目の物を持ってないと思われて襲われないらしい。確かに襲うなら馬車だろうね。

　それと、出てくるモンスターは狼やゴブリンが多いらしいのだが竜の森に出てくる狼やゴブリンよりも弱いとのこと。この情報は同じ広場に泊まった護衛の冒険者《ぼうけんしゃ》から聞いた話だ。というのも、

「よし、クイーンのご飯狩ってくる！」

と、前日の狩りに気を良くしてクルスくんがおじいさんとクイーン達を連れて狩りに行ってしまったのだ。そして、また山ほどお肉を取ってきたのでお裾《すそ》分《わ》けで同じ広場の商人や護衛の冒険者達《ぼうけんしゃたち》に振る舞《ま》い、その話を聞けたのだ。

その後の夜の見張りなども周りの冒険者達と連携《れんけい》しスムーズにすることが出来た。これも先輩冒険者の知恵《ちえ》らしい。

次の日はその商人達と一緒に進むことになった。自分達だけで進んだ方が断然早いのだが、モンスターや盗賊《とうぞく》対策としていくつかの馬車が集まり人数を増やすことで防衛するらしい。確かに人が多ければモンスターも盗賊も襲うのを躊躇《ちゅうちょ》するしな。ただ、多すぎると連携の部分でミスが出やすいので気を付けるように言われた。

「見えてきたぞ！」

先頭を行く冒険者から大きな声が聞こえてきた。

遠くには石で出来た壁《かべ》に覆われた大きな町が見えてきた。予定よりも遅《おそ》くなったがついに隣《となり》町《まち》へと到着したのだった。

「そこの馬車！　止まれ！」

槍を構えた衛兵に囲まれ俺達は歩みを止めた。

ここへ来るまで一緒だった商人や護衛からは色々な話を聞かせてもらった。もちろん熊《くま》の行商人や冒険者組も知っていることはあったが、馬車での町への入り方などは知らなかったので助かった。

実際、門の所まで一緒に行ってくれたのでスムーズに町に入ることが出来た。……はずだった。

町の門は近くの農村からの農作物を載《の》せた馬車で渋滞《じゅうたい》が起きていた。しかし、荷物が農作物なために検査に時間はかからずそんなに待つこともなく順番が近づいてきた。そして、門番の所まで後少しというところで、槍を持った衛兵達が走って俺達の所まで来たと思ったら、唐突《とうとつ》に槍を向けられたのだ。

「これはどういうことですか？」

代表して熊の行商人が衛兵達に話しかけてくれた。うん、こういうときに話す人も考えないといけなかったたな。

「うむ、そこの狼について聞きたかったのでな、悪いがこのまま対応させてもらうぞ」

「はい、わかりました」

「それで、その狼達はお前達の従魔で間違《まちが》いないか？」

「はい、そうです。人を襲《おそ》うことはありません」

「あぁ、その狼達は頭が良いから大丈夫だ」

「我々にも吠《ほ》えることもなく良い子でしたよ」

「そうか、しかし、従魔といえどさすがに狼は町に入れることは出来ん！」

一緒に並んでいた商人や護衛達も擁護《ようご》してくれたが、やはりクイーン達を町中に入れることは出来ないようだ。予想通りとはいえ困ったなぁ。というのも仲良くなった商人達から忠告されていたからだ。

フレイの町ではたくさんの従魔を見ていたので町の人達は慣れていたのだろうが、街道《かいどう》を歩く途中《とちゅう》何度も商人や冒険者達に驚かれた。その度に従魔だと説明していたので特に問題は起こらなかった。

農村でも驚かれたが村人が少ないために説明するのも時間がかからず大きな問題は無かった。宴会をしたのも良かったのかもしれないな。だが、さすがにここまで大きな町だと説明するのは大変だろうから騒《さわ》ぎになるかもしれない。そう商人達に言われていたのだ。

「ではどうすれば？」

「そうだなぁ、門から離れた所で野宿してもらうか、衛兵の詰所《つめしょ》で預かるかになるが、どちらにせよ誰《だれ》かはいてもらわないと困るな」

「わかりました、では仲間と少し相談させて下さい」

「わかった。話し合いが終わったら門の所の誰かに話しかけてくれ」

そう言うと、衛兵達は門の方に帰っていった。

俺達も邪魔《じゃま》にならないように列から離れた。離れるときに商人達にお礼を言うのも忘れない。こういう繋《つな》がりはどこで役立つかわからないからな。


「それで、どうするんだ?」

「まぁ、入れないのは予想通りだったから野宿で良いんじゃない?」

「だな。二人位交替で残れば大丈夫だろ」

「クイーン達なら襲われることもないしな」

ということで話し合いはすぐに終わった。元々ある程度は決めてあったので確認するだけだったのだ。

「あっ! そういえばステップホース達やぴーちゃんはどうすればいいんだろう?」

衛兵達はクイーン達のことしか言わなかったのですっかり忘れてた。

門の所へ行き、クイーン達は野宿することを告げるついでに確認したらぴーちゃんは出来れば外で、ステップホース達は普通にして構わないとの事。なんでも貴族や大商人なんかはたまにステップホース等《ら》のモンスターを連れていることがあるらしい。チーズの村にもミルホーンがいたし、いるところには従魔はいるのかもしれないな。

その後、急いで野営の準備をし、クイーン達に出来るだけ大人しくしているように頼んでから俺達《おれたち》は町に入ることが出来た。

町の中に入ると……あまりフレイの町と変わり無いように感じた。強《し》いて言えば馬車が通りやすいように道が広いということだけかな？

「お～い、こっちだ」

少し町を見た後は門の近くの馬車屋に向かう。馬車屋では馬車と馬の販売《はんばい》、買い取りから馬車のレンタル、乗り合い馬車の運行、それと馬車の預かり、簡単に言うと駐車場《ちゅうしゃじょう》をやっているという。

こういう大きな町や交通の中心となるような町には馬車屋が必ずあるそうだ。また、宿でも馬車を預かる所が多いらしいのだが、今日泊まる予定の宿は預かれないようなので馬車屋の出番というわけだ。宿は熊の行商人でも泊まれるのでクルスくんやイリヤちゃん、妹ちゃんも泊まれるはずである。

馬車屋に着きステップホース達と馬車を預けるのだが、荷物を整理するのに少し困ってしまった。馬車を預けるということは荷物も預けるということなのだが、この世界は鍵《かぎ》が発達していないので、荷物をあまり置いていけないのだ。それに、狼車も箱馬車と違い簡単に出入り出来るからね。よって、貴重品だけでなく高価な商品も持ち歩かなくてはいけないのだ。こっそりアイテムボックスに仕舞《しま》ったので俺達にとってたいした問題にはならなかったけど他《ほか》の人達はどうしているんだろう？


「申し訳ありません、全員分のお部屋は空いておりません」

熊の行商人の案内で宿にたどり着いた俺達はさっそく部屋を借りようとした。宿の人も以前泊まったのを覚えていたらしく快く対応してくれた。もちろん妹ちゃん達にしても特に何かを言われることは無かった。ただ、さすがに人数が多すぎた為に部屋の空きが足りなかった。

「なら、俺達は別の宿に行くよ」

と言ったのは冒険者組。

「ここなら護衛で何度も来てるし、その時に泊まった宿もあるからな」

と言ってくれた。確かにそれなら安心だし助かる。

「そうだね、部屋が無いんじゃしょうがないもんね。お願い出来る？」

「あぁ、問題ないぞ」

ということで冒険者組は別の宿に泊まることになった。

俺達が泊まる宿は宿と食堂が一緒《いっしょ》になったお店でフレイの町で皆《みな》が泊まってる宿とそんなに違いは見当たらなかった。部屋の方も上等とは言えないが掃除《そうじ》も行き届いていて清潔感があり良い部屋だった。その部屋に荷物を置き、宿を出た。冒険者組の宿へ行くついでに少し町を見て回るためだ。


「買いすぎじゃないのか?」

「こんなにどうすんだ?」

「どうやって持って帰るんだ?」

大量の野菜を持つ集団が愚痴を言っている。それは通りの屋台で売っていた野菜を買いまくった俺達だった。

「いや、だって安かったから……」

「それにフレイじゃ見かけないのもあったし……」

怒《おこ》られているのは俺《おれ》と商人組の子達だ。なぜこんなに買ったかというと、タイミングが悪かった。……いや、良かったせいだろう。


少し前。宿を出た俺達は冒険者組の宿へ向かうため大通りを歩いていた。町中は通りも広く屋台がたくさん出ていた。といっても串焼《くしや》きなどの食べ物屋ではなく野菜や果物、肉や道具などが多く青空市場みたいな感じだった。

その屋台もすでに片付けをし始める所がほとんどだった。よく見ると屋台は荷車をそのまま使っているようだ。もしかすると近くの農村から売りに来てるのかな？　売れ残った野菜なんかを物々交換《ぶつぶつこうかん》してる人もいるし交渉《こうしょう》すれば安く売ってくれるかもしれないな。ということでさっそく行動を開始した。片付けをしているので急がないと買えなくなっちゃうからね。商人組の子達も一緒に来てもらう。値段や品物を確認するためだ。普段使い忘れる『鑑定《かんてい》』も適度に使い商品の鮮度《せんど》も調べていく。その結果、採ってからそれなりに時間がたっているだろう野菜達は思ったよりも新鮮《しんせん》で、値段の方もまとめ買いすることで安く買うことが出来たのだ。その後も何軒《なんけん》かで買い物をしていると、それを見ていた別の屋台の人達が、

「これも買ってかねぇか？」

「こっちも最後だから安くするわよ」

「全部買ってくならサービスするぜ！」

と押《お》し売《う》りしてきたのだ。まぁ、安かったので買う俺達にも問題はあったのだろうが……。

そんなわけで、俺達は大量の野菜を持つことになったのだった。

「これはどこかでアイテムボックスにしまわないとダメだね」

俺は皆の陰《かげ》に隠《かく》れながら少しずつ野菜をしまっていく。幸いなことに冒険者組が泊まろうとしている宿は通りから外れているので、角を曲がったタイミングでしまう事が出来た。そして、宿に着く頃《ころ》にはなんとか全《すべ》ての荷物を収納できたのだった。

それからしばらくして。

「ん～、やっぱり孤児院《こじいん》の方がうまいな」

「肉が美味しくないのかな？」

「味付けも塩だけだしな」

通りを歩く俺達は屋台で買い食いをしながらギルドを目指していた。


宿は問題なく部屋を取ることができ、それから数日泊まる予定なので商業ギルドと冒険者ギルドの場所を確認しようという話になったのだ。で、その途中、宿の食事だけでは足りないと冒険者組が言うので買い食いをした次第《しだい》である。なぜかクルスくんも一緒に食べているのだが、晩御飯《ばんごはん》食べられるのかな？


「ここが商業ギルドか」

「そんなに大きくないね」

やがてたどり着いた商業ギルドは、フレイの町のギルドとそれほど違いは見られなかった。

「見た目はそんなに変わらないけど、倉庫はでっかいぜ」

「小麦粉やら芋《いも》やらいっぱいあったな」

護衛として何度か来ていた冒険者組は、ギルド裏の倉庫で荷物の積み降ろしを手伝ったそうで、大量の食料品を見たそうだ。

「なら、ここで買えば小麦粉なんかは安いのかしら？」

商人組の子達はさっそく値段を気にし始めていた。

「一番安いのは農村だと思うけどね」

おじいさんが連れてってくれる農村はお肉と交換《こうかん》でかなりの小麦粉を渡していたらしいからね。最近は藁に変えたから喜んでたみたいだけど、肉の価値が高すぎたのかな？


次に着いたのは冒険者ギルド。冒険者組は何度も見てはいるが入ったことは無いらしい。いつも商人の手伝いをしていたからだそうだ。時間的に混《こ》んでいる頃だとは思うが明日冒険者組が依頼《いらい》を受けるつもりなので依頼の下見で皆で突撃《とつげき》した。

「あれ？　思ったより混んでないな」

「時間がずれてたのかな？」

フレイの町のギルドは夕方になると採取や討伐等《とうばつなど》、依頼帰りの冒険者が報告、報酬《ほうしゅう》の受け取りで列を作っていたのだが、ここはガラガラではないにしろ、混んではなかった。

理由はわからないが理由を教えてくれる知り合いはいないので、依頼の確認をしに行った。

そして、疑問は解けた。

「なんだこりゃ？」

「ほとんど護衛依頼ばっかりだな」

「討伐依頼《とうばついらい》はあるけど採取の依頼は見当たらないな」

そう、この町の依頼は護衛ばかりで他の依頼がほとんど無いのだ。あっても討伐、というよりは肉の募集《ぼしゅう》かな？　依頼人《いらいにん》が町人で指定が肉の納品になっている。護衛依頼が多いのはやっぱり商業都市としてなのかな？　積み荷の整理も仕事に含《ふく》まれてるし冒険者の依頼は多いけど種類は少ないみたいだった。

「まぁ、元々やろうとしてたのは狩りだから問題無いだろ」

「クイーン達もやる気だろうしな」

今回依頼を受ける理由は冒険者組の他ギルドでの実績積みとクイーン達の息抜《いきぬ》きにあるので特に問題も無いだろう。


「んじゃあ、俺達はそろそろ行くな」

あまり長い時間いると迷惑《めいわく》になるので俺達はギルドを出た。そこで冒険者組と別れる事になった。

幸いにも肉の納品依頼は種類は問わず、期限も複数あり、そこは気にしなくても良さそうなので、朝、直接狩りに行くらしい。

「頑張《がんば》ってね」

「う～、俺も行きてえな」

クルスくんは一応こっちに泊まるけど性格的に冒険者組と一緒に行動したいらしい。

「なら、一緒に行くか？」

「良いのか⁉」

冒険者組が俺達を見たのでうなずいておく。

「朝迎《むか》えに行くからちゃんと起きてろよ！」

「わかった！」

これでクルスくんの予定も決まったようだ。その後、俺達はクイーン達の所へ行き、差し入れ兼晩御飯《けんばんごはん》を渡《わた》し宿へと戻った。宿ではおじいさんと熊の行商人が酔《よ》い潰《つぶ》れていたが、サクヤちゃん含め皆で無視して食事をし眠《ねむ》りに就《つ》いた。食事は可もなく不可もなくといったところか？　孤児院の食事に慣れすぎたのか少し物足りなく感じているのかもしれないな。


次の日の朝、冒険者組に付いていったクルスくん以外のメンバーで商業ギルドや市場で、品物と値段の調査をする。基本的に自給自足に近い生活をしているのでここらで物の相場を調べようと思ったからだ。

こういうときに頼《たよ》りたい熊の行商人は、二日酔《ふつかよ》いでおじいさんと共にダウンしている。

「それで、どっちから行くの？」

イリヤちゃんからの質問に商人組が答える。

「先にギルドの方に行こうと思うの」

「朝早くても市場がやってなさそうだからね」

昨日《きのう》見た感じ近隣《きんりん》の農村から来た人達が屋台を出しているみたいだったので、おそらく早い時間はまだたいしたお店は出ていないと思ったのだ。その為商人組の子達と話し合い、ギルドで少量のポーションを売り色々と話を聞こうとなったのだ。


商業ギルドにたどり着き、中に入ると予想以上に混んでいた。市場が遅くなりそうだからギルドへの納品も遅《おく》れると思っていたのだが……。

「思ったより人がいるわね」

「もしかして、昨日届いた荷物の仕入れじゃない？」

「なるほど、そうかもしれないね。で、俺達はどうする？」

「まずはポーションを売って、そのまま情報収集ね」

受付を見回し空いてる所へ並ぶ。全員で並ぶ必要もないので、商人の子と俺以外はギルド内での商品探しに動いてもらう。商人の子が一人付いているので騙《だま》されて何かを買うということは無いと思いたい。

「おはようございます。本日はどのようなご用件で？」

皆がギルドをうろついてる間に列は動き、俺達の順番が回ってきた。ポーションをいくつか売りたいと話をすると、受付のお姉さんは喜んで買い取ってくれた。数や品質チェックをすると問題無く、

「こんなにたくさんありがとうございます」

と感謝までされてしまった。話を聞くと、最近ポーションが品薄《しなうす》で困っているとのこと。理由はここより王都等の大都市で売った方が高く売れるから。ましてやポーションは大きさ的に多く運べるし、元々値段も高いからだ。なら、儲《もう》けが多い所で売るのは仕方がないことだろう。

俺達もポーションはこっちで売ることも考えた方が良いかもな、ステップホース達の足なら一日で着けるかもしれないし……。

「ほんとに最近は困ってたんですよ。フレイの町のギルドに頼《たの》んでも向こうも在庫が少ないらしくて……」

受付のお姉さんはその後もポーション不足を嘆《なげ》いていた。なんでも冒険者ギルドや領主からも仕入れられないのかと問い合わせがあり、困っているらしい。もちろんお金を出せば買えるのだが、当然予算の上限があるので難しいみたいだ。

「なら、もう少しポーションを出すので何か安く売ってくれませんか？」

ここぞとばかりに商人の子が交渉し始めた。こういう時は切り札として出すのが良いと思うのだが、これも経験になるのかな？　とりあえず商業ギルドからの印象は良くなるだろうからこの交渉を見守ろう。交渉を続けること数分、思ったよりもすんなりと話は決まった。どうやらここ数年豊作だった関係で、小麦粉が余りぎみだったらしい。その小麦粉を安く購入《こうにゅう》出来る事になった。ギルドも在庫が減り、倉庫に空きが出来ると喜んでくれたのでどちらにとっても良い取引となった。

ただ、購入《こうにゅう》する量が多すぎる気がするのだがいったいどうするのだろうか？

大量に購入した小麦粉。さて、どうするかと思ったがどうしようもない。仕方がないので受付のお姉さんに頼み馬車迄運んでもらうことにした。そこで馬車に積み込むついでにアイテムボックスに仕舞うしかないだろう。

そんなことを考えている間に商人の子は受付のお姉さんとこの町で安く買える物やこの先の方が安く買える物等を聞き込んでいた。

「よし、皆を集めて買い物に行くわよ！」

ギルド内で調べ物をしていた妹ちゃん達と合流し商人の子達はお互《たが》いの得た情報を共有していた。商業ギルドに入ったのはそんなに前じゃないのにその行動力はどこで身に付けたのだろうか？

「う〜ん、今のお店は品物の質が悪い気がするわ」

「そうね、次のお店に期待しましょ」

仕入れた情報を頼りに十軒程《けんほど》の商店を巡《めぐ》った。そのお店も品質、値段、品揃《しなぞろ》え等色々と差があり個人的に買うなら各お店を回ってもいいが、商売となると面倒《めんどう》そうだ。

結果的には食料品は安い。その他は高い。という感じなのかな。やはり基本的に産地に近ければ安くなるということだ。これから王都方面に向かうので食料品を買えば高く売れることになる。ただ、今回は初めての行商なのであまり無理はしないようにしよう。

結局買ったのは日持ちする野菜に乾燥《かんそう》させたキノコや豆等、それと孤児院用に葉物の野菜を多めに買った。アイテムボックス様々である。


「これは……」

「いっぱいあるの！」

「凄い……」

「あんた達、いったいどれだけ買ったのよ……」

商店巡りに妹ちゃんとサクヤちゃんが飽《あ》き始めたので、俺達は小麦粉を仕舞いに馬車屋までやって来た。そこには馬車に積み込みきれないであろう量の小麦粉が山積みされていた。

「こんなに買ったとは思わなかったのよ！」

「だって、ポーションの代金分しか買ってないのよ？」

そういえば、お金のやり取りをしてなかったな。この量を見るにポーションが高く売れたか小麦粉が安かったからか……。いや、金額を確認しないわけはないからもしかするとサービスの部分もあるのかもしれないな。

「とりあえず見ててもしかたがないから皆で馬車に積み込もう？」

俺がそう言うと皆で積み込み始めた。商人組も何だかんだでレベル10を超《こ》えているので力仕事もドンとこいだ。小麦粉も明らかに量が多いが途中でアイテムボックスに仕舞ったのでなんとか馬車に収まった。これは積んだ分も途中でアイテムボックスに仕舞わないと馬車で活動が出来ないな。

積み込み作業が終わるとすでに夕方近くになっていた。ちなみにお昼ご飯はギルドの受付のお姉さんオススメのお店で食べた。野菜たっぷりのスープに焼きたてのパンがとても美味《おい》しかった。値段も安かったのでオススメなのもうなずける。

俺達は屋台で肉串《にくぐし》やらパンやらを購入し、門の外にいるクイーン達の所へ向かった。冒険者組に合流するのとクイーン達の様子を見るためだ。

しかし、町の外に出るとテントはあるが誰もいない。キョロキョロとテント周辺を捜《さが》していると、

「お～い、確か狼の飼い主達だよな？」

と、衛兵達に声をかけられた。

「はい、そうです！」

「今お前達の仲間と狼はここにはいないぞ。この先の川沿いにいるはずだ」

「川ですか？　なんでそんな所に？」

「行けばわかる。あまり迷惑をかけるなよ！」

迷惑というのがどの事を指すのかわからないが、とりあえず川を目指して歩きだした。

「クイーンが何かしたのかなぁ？」

「どうせクルスがバカな事したのよ」

何があったのか話をしながら歩いていると遠くに人が大勢集まっている所が見えてきた。

「ねぇ、もしかしてあの集団かしら？」

「川のそばって言ってたから多分そうだと思うけど……」

「おにいちゃん！　クイーンがいるよ！」

どうやらあの集団が皆のいる所みたいだ。


「お～い！」

「ワォ～ン！」

どうやら冒険者組もこちらに気付いたようで俺達を呼んでいた。実際問題この集団の事を聞かなくてはいけないので、俺達はクイーン達のもとへ向かった。

「遅かったな」

「うん、色々なお店を見てたから。それよりこの集団は何なの？」

「ねえ、よく見たらあそこにいるの商業ギルドの人じゃない？」

冒険者組が話しかけてきたのでこの集団のことを聞こうとしたら、商人組の子から情報が出た。

「あぁ、多分そうだな。後は冒険者ギルドの人や確か肉屋なんかも来てたはずだ」

う～ん、いったいどういう繋がりなんだ？

「ねえ、あそこの獲物の山はやっぱり？」

「クイーン達とクルスのバカが頑張った成果だな……」

イリヤちゃんが見つけた猪や鹿、鳥の山は狩りに張り切ったクイーンや子狼達、ぴーちゃんにクルスくんの仕業《しわざ》らしい。

どうしてこうなったか、聞いてみるといつも通りといえばいつも通りのことだった。

初めに冒険者組は肉を狩りに町の外に出た。

町の外でクイーン達と合流し交替で狩りに向かうことになったらしい。テントを置いていく訳にはいかないからだ。そして、留守番を残して近くの森に向かったそうだが、それからは想像通りの狩りが始まったらしい。

あまりにもたくさんの獲物を狩るので冒険者組は留守番にも手伝ってもらおうとテントまで獲物を運んだらしい。

だが、物には限度というものがある。あまりにも多い獲物、そして、解体による血の臭《にお》い。見かねた衛兵が冒険者ギルドに手伝ってもらえと助言してくれたそうだ。

その後、衛兵が一緒にギルドへ行って説明をしてくれたらしい。獲物の山や血の臭いは迷惑だったが、町に肉が出回るし作物を食べる猪を倒《たお》したことでクイーン達の印象も良くなったからみたいだ。ギルドとしても肉や毛皮等が手に入るので喜んで協力してくれた。この時、商業ギルドに連絡《れんらく》してくれたのも冒険者ギルドだった。

「で、冒険者ギルドや商業ギルドが解体出来る人を集めたんだ」

「さすがに門の側で解体は出来ないからこっちに来たんだよ」

「これ以上増やすわけにもいかないからクイーン達は狩り終了《しゅうりょう》と」

「クルスは解体させてるぞ」

とりあえずは理解出来たかな。にしても人数は多いしこれ、どうするんだろう？

確認の為《ため》に商人組の子達《たち》がギルド職員達の所に向かっていった。よく見ると商業ギルドの受付のお姉さんも見えたのできっと変な契約《けいやく》にはならないだろう。

集まった冒険者達を見てみると若い冒険者が多く見られた。理由は簡単、ギルドから解体の練習として駆《か》り出されたという。ただ、少ないが報酬も出るし、少しだがお肉も貰《もら》えるのでほとんどの冒険者が喜んで参加しているらしい。


「「「ぐぅぅぅ〜」」」

夕方に近づくとあっちこっちからお腹《なか》の鳴く音が聞こえてくる。その音は若い冒険者達から聞こえてくる。

「そろそろ良いかな？」

「早く食べさせてあげないと可哀想《かわいそう》じゃない？」

即席《そくせき》のかまどで肉を焼いていた俺はスープを作っていた商人組の子達と食事開始を告げた。待ってましたと若い冒険者達は肉にスープにと群がってきた。

冒険者組に合流してから俺達が何をしたかというと食事作りだった。アイテムボックスが使えれば問題無かったのだが、さすがにこの状態では大量の肉を処理しきれない。ならばどうするかといえば彼《かれ》らに手伝ってもらうのが一番だ。それに冒険者ギルドに納品するのはブロック肉なのでけっこう細かい肉が出るのだ。それを食べるにもこの人数はちょうど良かった。

さすがに今日だけで解体は終わらないということで残りは明日になった。残りは冒険者ギルドが預かってくれるらしく、予定外の食事に喜んだ若い冒険者達が運んでくれるらしい。食事の方も冒険者達の女の子達が焼いてくれているのでちょっとした宴会のようだった。

いつの間にかお酒を呑《の》んでいる人もいるが荷物運びは大丈夫《だいじょうぶ》なのだろうか？　端《はし》の方にいつの間にかいたおじいさんは、気にしたら負けだろう。

さてさて、今日はなにをするか。予定していたギルド関係は、商業ギルドは問題無し。冒険者ギルドに関しては解体が今日には終わるらしいので、こちらも問題無し。その為明日には出発出来るのだが、俺達は暇になってしまっていた。

ちなみに暇なのは俺達四人にサクヤちゃんだ。商人組は冒険者組の解体に付き合うらしい。冒険者組は当然として商人組は多すぎる肉や素材を商業ギルドに売る為に行くんだとか。

おじいさんと熊の行商人はまた二日酔いみたいで寝《ね》ている。明日は出発する予定なので呑まないでほしいのだが……。サクヤちゃんにお酒呑まないように置き手紙でも書いてもらおうかな？

「で、どうすんだ？　することないなら町をぶらつこうぜ？」

朝食を食べた後何もしない俺達に痺《しび》れを切らしクルスくんが提案してきた。確かにそれくらいしかすることはないか。

「そうだね、とりあえず町に出ようか」

「わ〜い、おかいもの、おかいもの〜」

「楽しみ……」

確かに考えてみるとこの町に来てから妹ちゃんとサクヤちゃんはすることが無かったな。あとイリヤちゃんもか。今日は三人に合わせて行動しようかな。


さっそく宿を出ると俺達は市場へ向かった。市場といっても屋台や露店《ろてん》が集まった広場である。この時間になると近くの農村から来た人達が朝採れの野菜等を売り始めていた。その中にはこの間買った時の人もちらほら見ることがあった。その為「おっ、今日も何か買ってくか？」だの「今日はこれがオススメよ」だのと話しかけられていた。


「これください！」

妹ちゃんが野菜を買っていく。話しかけられたのを幸いに買い物をしようと思ったのだが、妹ちゃんとサクヤちゃんがつまらなそうにしていたのを思いだし彼女《かのじょ》らに買い物をしてもらおうと思ったのだ。売っている方も農村のおじさんやおばさ……お姉さんなので騙されることもないだろうから安心していられる。

「あっ、あれもおいしそう！」

「あっちにお魚もあったよ……？」

「ほんとに⁉　ならいこう！」

サクヤちゃんも買い物が楽しいのか妹ちゃんと一緒に元気に走り回っている。二人のことはイリヤちゃんに任せて俺とクルスくんは荷物持ちに徹《てっ》する。途中、あまりに大量に買うので心配したおじさんがいたが、十人以上で旅をしていると話したら納得《なっとく》してくれたようだ。

「なあ、この買い物いつまで続くんだ？」

「さあ？　イリヤちゃんに聞いたら？」

荷物持ちとなった俺とクルスくんだが、何度も荷物を置きに行く振《ふ》りをしながらアイテムボックスにしまっていても、いまだに買い物は終わる気配を見せなかった。というのも買い物が楽しくなったのか、イリヤちゃんが二人を連れて野菜以外の露店も回り始めたからだ。

ここは近くの農村から農作物が届き、代わりに農村に必要な物が買われていく為に色々な商品が並んでいたりする。他にもよく見ると野菜を売ってる露店の端っこにも手作りの品物が色々と置いてあった。なんでも畑仕事の合間に作ってるらしい。人によって作るものも違うようで木彫《きぼ》りの置物であったり、衣類であったり置いてあるものは様々だ。

そんな中、妹ちゃんとサクヤちゃんがとある露店で立ち止まっていた。そこには木で出来たアクセサリーが並んでいた。

「どれか欲《ほ》しいのがあった？」

後ろから二人に声をかけると、

「おさかな！」

「……これ」

妹ちゃんはお魚の形の物を、サクヤちゃんは猫人族《ねこひと》？　の顔の形をしたものが欲しいみたいだ。

「おっ、そいつを買ってくか？　うちの母ちゃんが作ったやつなんだが良い出来だろ？　安くしとくぜ」

なら記念に買ってあげようかな。

「じゃあ、おじさん、これとこれ頂戴《ちょうだい》」

「私はこれね！」

いつの間にかイリヤちゃんが自分の分を選んでいたので仕方なく購入した。

「おにいちゃん！　ありがとう！」

「ありがとう……」

「二人とも良かったわね！」

一部余計な人がまざっているけど喜んでくれたので良かった。そもそも二人にもお小遣《こづか》いを渡しているので自分達で買えるんだけどなぁ。よくよく買い物をした物を思い出すと皆で食べる物、使う物しか買ってなかった気がする。使いすぎるのも問題だが少しずつお金の使い方を勉強させていこうかな。

妹ちゃん達との買い物は、予想以上に楽しく過ごすことが出来た。農業都市とでもいうべき町だったので農産物を探しているうちに果物を見つけることが出来たのだ。これには女性陣《じょせいじん》が喜び、お小遣いで自分用に、俺は孤児院用のを買っておいた。
夜に宿で食べてみたのだが竜《りゅう》の森の果物より味も甘《あま》さも劣《おと》っているようだったのが残念だった。

次の日、おじいさん達の二日酔いは治っていたので無事に出発することが出来た。出発する時、他の商人達に途中まで一緒に行かないかと誘《さそ》われたが、馬車の速さが違《ちが》うので申し訳ないが断った。クイーン達の活躍《かつやく》が大きかったのかな、護衛として期待されていたみたいだ。今後もよその町でのクイーン達の対処は獲物《えもの》による肉パーティーをするのが一番かもしれない。じゃないと怖《こわ》がられるからね。

出発してから二日位は何事もなく進んでいた。そして、道中で盗賊《とうぞく》が出やすいといわれていた辺りを走っているとクイーン達が戦闘《せんとう》をしている気配を感じたそうで先行してもらったのだが、俺達が到着《とうちゃく》すると盗賊はクイーン達によってすでに倒されていた。近くには盗賊に襲われたであろう馬車の集団もいた。

その集団はクイーン達を警戒《けいかい》し一部の商人達は諦《あきら》めの表情をしていた。俺達はすぐに従魔《じゅうま》であると説明し、盗賊達《たち》の処置をお願いした。盗賊達はたいして金目の物を持っていなかったが、懸賞金《けんしょうきん》や犯罪奴隷《どれい》として売られるためお金が入る。その手続きが面倒なので商人達から盗賊退治の報酬としていくらかのお金をいただいた。

近くの町に連れていって手続きをする手間を考えたらこれで十分だろう。

小説なんかだと盗賊のアジトに乗り込んでお宝を奪《うば》う！　なんてのがあるけれど、実際問題安全第一に考えるとアジトにまで行く気にはなれなかった。おじいさんとクイーン達で簡単に制圧出来そうな気もするんだけどね。


その後、盗賊は出ることもなく、クイーン達は休憩《きゅうけい》のたびに散歩がてら狩《か》りに行っていた。その時にクイーン達が獣人《じゅうじん》を咥《くわ》えて帰ってきたのだ。目覚めた狸人《たぬきひと》族の姉弟《きょうだい》とクイーンに話を聞くと森に採取に来たらしいのだが、そこでゴブリンに襲われたらしい。そこにクイーン達がやって来て助けたのだが、彼らはクイーンに驚《おどろ》いて気絶してしまったのだとか。そして、クイーン達が俺達の元に連れてきたらしい。

最初はクイーン達の事を怖がっていたが妹ちゃん、クルスくん、イリヤちゃんを見て落ち着いたのか護衛ついでに村？　集落？　に送っていくことになった。

そこは森の中にひっそりとあった。住人は獣族・獣人族しかいなかったので隠《かく》れ里《ざと》なのかもしれない。

その村でも当然クイーン達が怖がられたが姉弟を助けたことでなんとかなった。そこでは宴《えん》会《かい》をして仲良くなった。また、話を聞くと近くの農村や町での買い物に苦労しているとのことで大量の小麦粉を売ってあげたらかなり喜ばれた。

小麦粉の代金だが、現金が少ないとの事なので物々交換をしたのだが、用意してくれた毛皮は、それなりの価値があるようだった。熊《くま》の行商人いわく珍《めずら》しい物ではないが、傷も少なく仕事が丁寧《ていねい》なので、十分売り物になるだろうと言われた。

町では獣族、獣人族だと買い取りが難しい、それか足元を見られて安く買《か》い叩《たた》かれていたらしい。

実際にいくらで売れるかはわからないのである程度の小麦粉を渡し、残りは旅の帰りに精算することになった。ついでだから欲しい物も聞いとこうかな。

そんなこんなでいつものように宴会をし、泊《と》めてもらい出発したのだが、仲良くなった子供達が妹ちゃんに、

「またきてね～」

とか、

「お姉ちゃん、バイバ～イ」

なんて挨拶《あいさつ》をするのはわかるのだが、

「アネゴ、また来て下さいね！」

とか、

「ボス～、またね～」

等と言われてるのを見るとお兄ちゃん不安になっちゃうな……。

とまぁこんな感じで、長かった馬車旅も終わりに近づき王都が見えてきたのだった。

「やっと見えてきたな！」

外を走るクルスくんの言葉に馬車に乗る皆が前を覗《のぞ》いていた。

「お～、あれが王都か」

「おにいちゃん！　あのまんなかのはなに？」

「きっと、お城だね。王様のお家だよ」

「すごい！」

孤児院組は初めての王都に少し興奮気味だ。熊の行商人は当然として、サクヤちゃんもおじいさんに連れられて見たことがあるらしい。ただ、その時は飛んでいたのでよくわからなかったみたい。

王都が見えたことで皆が馬車から降りて歩いていくことになった。今まで時間短縮の為に少し無理して馬車に乗っていたのだ。歩くとスピードダウンするが王都も見えているし今日中に着くはず。

ゆっくり歩いて行こうと思っていたのだがやはり目的地が見えたことで自然と皆早足になっ

ていた。

早足になったことで予定より早く着くと思っていたのだが、……なかなか着かない！　結局王都に着いたのはお昼を大きく過ぎた頃だった。


「でけ〜」

「おっきぃ」

「なんかすげぇ」

王都に着いた俺達《おれたち》は中に入るために並んでいた。王都は十メートル以上ある壁《かべ》に囲まれていた。

国の中心にあるためか四方に入り口となる門があるのだが、検査等もあり入るのに時間がかかっていた。

「仮にもこの国の王が住んでるからな」

熊の行商人が待ってる間に色々と説明してくれた。

王都は三層構造になっていて外側から外壁《がいへき》、王都街、内壁《ないへき》、貴族街、城壁《じょうへき》、お城となっている。俺達が活動出来るのは王都街だけで貴族街は貴族、もしくは大商人や一流冒険者《ぼうけんしゃ》しか行けないみたいだ。おじいさんなら依頼を受ければ簡単に入れるらしい。むしろおじいさんレベルにならないと貴族街は関係無さそうだ。

「なぁ、あっちの門からは入れないのか？」

もうすぐ俺達の番ってときにクルスくんからの言葉。クルスくんが指差す方には俺達が並んでいる門よりも小さいのに派手な門があった。

「あぁ、あれは貴族用の門ですね。貴族様を並ばせるわけにはいかないってことです。もちろん王族も使いますよ」

なるほど、またしても俺達には関係ないやつか。いや、むしろ近づかない方が良いやつだな。皆《みな》にも近づかないように注意しておいた。特にクルスくん。


その後も熊の行商人から話を聞いてるうちに順番が来て無事に王都に入ることが出来た。

「なんか、感じ悪かったわね」

「あのおじさんきらい！」

「私も嫌《きら》い……」

無事に入れはしたのだがイリヤちゃん達はすこぶる機嫌《きげん》が悪かった。というのも入場審査《しんさ》を受けていたのだが、明らかにイリヤちゃん、クルスくん、妹ちゃん、ついでに一緒《いっしょ》にいたサクヤちゃんを兵士達が見下したような目で見ていたのだ。

もちろん対応も俺達に対してとは違うものだった。あまりにも差別が酷《ひど》いので文句を言おうとしたが、その前におじいさんが殺気を放って解決した。

そのせいで兵士に何か言われるかと思ったが、おじいさんの冒険者証を見て黙《だま》ってしまっていた。

「う～ん、フレイの町と違ってここはクルスくん達には辛《つら》いかもね」

「だな。あんまし来たくねえな」

「何度も来るのは困るわね」

妹ちゃんは機嫌が悪いし用事があるときは冒険者組に頼もうかな。

「まぁ、いつまでも気にしててもしょうがない、宿でも探すぞ！」

俺達はとりあえず宿を探すことになった。


「悪いけど、お前達に貸す部屋は無いよ」

またしても宿を断られてしまった。あの後、宿を探し始め、せっかくだからと厩舎《きゅうしゃ》付きの宿に泊まろうとしたのだが、どこも妹ちゃん達を見たとたんに断ってきた。

「また断られた」

「これで何軒目だ？」

「さあ？」

そう、断られた宿はすでに十軒《けん》を超《こ》えていた。その全てでさっきみたいに妹ちゃん、クルスくん、イリヤちゃん、それと熊の行商人を見ると部屋が空いていても断ってきたのだ。

今まではそこまで獣人族に対する差別は感じなかったが、王都に来たらあからさまにそれがわかるようになった。

仕方がないので冒険者用の宿屋を探してみたのだが、こちらはほぼ満室で泊まれなかった。こちらは冒険者用だけあり差別は無さそうだったが、そのせいで獣族・獣人族が皆泊《みなと》まっているみたいだった。


「さて、どうする？」

「野宿ってしていいのかな？」

「だけど、そうするとまたあの兵士達に会うぞ？」

「なら、ここは俺《おれ》に任せて貰おうかな」

泊まれる宿がなく途方《とほう》にくれていると熊の行商人が宿を紹介《しょうかい》してくれると言ってきた。

「王都には何度か来たことがあるからな、泊まれる宿くらい何軒《なんけん》か知ってるのさ」

そう言って歩き始めたので慌《あわ》てて皆でついていく。たどり着いた先は……どこだろう？　場所としては門から遠い外壁沿い、位置としてはスラムみたいなところかな？　と思った。建物は少し古く感じるがそこまでボロくもない。

「ここは？」

「ここは獣人達の棲《す》みかだな、他《ほか》の町のスラムよりはよっぽどマシだな」

「なら、王都にはスラムは無いんですか？」

「いや、別の所にあるぞ」

確かに王都には門がいくつもあるので別の所に同じような所があるのだろう。ということはここは獣族・獣人族用のスラムってことなのかな。

「ここは王都の中にある町だとでも思ってくれ」

熊の行商人は続けてここの説明をしてくれた。予想通りここは獣族・獣人族の集まりである。ただ、スラムとは違い小さな町がそのまま王都の中にあるようで、普通《ふつう》に民家がありお店があり宿屋もあるらしい。

そして、その宿屋に着いた。無事に部屋は取れたのだが、さすがに全員分は無かったので、今回も分かれて泊まることになった。王都の宿の感じも知りたかったしちょうど良い。商人用のちょっと良い宿には商人組と女の子冒険者、それとステップホース達と馬車。冒険者用の宿には男冒険者組。そして、ここには残りのメンバーだ。クイーン達も空き地に泊めて良いというのでありがたかった。

クイーン達を空き地に泊めるといっても他の住人達に怖がられないかと心配していたのだが、好奇《こうき》心旺盛《しんおうせい》な子供達が近づき、妹ちゃん達によってうまいこと住人達の信頼《しんらい》を勝ち取っていた。

その日の食事はそれぞれの宿で取ることになっていたのだが、空き地に泊まっているクイーン達にはご飯がないのでおじいさんに預けていた肉を出してもらい、その肉を焼いていた。

そんなことをすれば当然のように子供達がヨダレをたらしはじめていた。こうなるとここ最近のいつものパターンだ。獣人街の人達を巻き込んでの宴会となった。

ただ、いつもと違うのは料理の出来る奥様方《おくさまがた》がたくさんいたので、材料を提供し料理をお願いすることが出来た点だ。使える材料がどれだけあるかわからないがきっと獣族・獣人族の郷土料理のような物が食べられるだろう。

おじいさん達は相変わらずお酒を飲み始めたので放っておこう。

さて、獣人街の宿屋で一晩過ごした俺達は冒険者組、商人組と合流し商業ギルドへ向かった。目的はポーションを売ることと、情報収集、後はおじいさんが狩《か》ったワイバーンなんかの素材を売れればと思ってる。

フレイの町で売れればいいのだが、冒険者ギルドで売るにはランクが低すぎて本当に狩ってきたのか怪《あや》しまれる。かといっておじいさんだけで狩ったと言うのもランク的に少し厳しい。ましてや地元で売ると色々と問題が起こりそうで怖いのだ。その点王都ならどこかで仕入れたと言えば問題なくさばけるだろう。

ちなみに商業ギルドに売りに行くのは冒険者ギルドで買い取った物は商業ギルドが売りさばくからである。今回は討伐報酬《とうばつほうしゅう》や依頼《いらい》がある訳じゃないし、どのみち商業ギルドに行くなら直接行った方が早い。

「いらっしゃいませ、本日はどのような用件で？」

ギルドに着いたら商人組、おじいさん、熊の行商人に俺で受付に向かった。他の皆は馬車で待っていてもらう。

「えっと、色々と売りたいものがあるんですけど……」

今回は商人組の子が対応する。おじいさんと熊の行商人がいるから問題は無いと思うのだが……。

受付のおばさんと話をし、とりあえずポーションの商談は成立したようだ。王都だけあって値段的にかなり高く売れたので少し多めに売ることにした。俺のアイテムボックスにはまだたくさんあるのでここで多く売っても問題ない。

「それと、モンスターの素材があるんですけど……」

ポーションの次はモンスターや動物の素材だ。熊の行商人に確認《かくにん》をしてみたが、やっぱりワイバーンなんかはそれなりに貴重な素材みたいなので個室での話し合いとなった。

「それで、ワイバーンの素材をお売りいただけるのですか？」

「はい、値段次第《しだい》ですけどね」

個室に移動すると受付のおばさんの他に上司と思われる人がやって来て素材の交渉《こうしょう》に入った。

熊の行商人からある程度の目安の売値を聞いていたのでそれなりの交渉は出来たと思う。思うというのも熊の行商人の目安が冒険者だった頃《ころ》の話なので今の相場に少し不安があるからだ。

ただ、ワイバーンの交渉の流れで他の素材や途中《とちゅう》の隠《かく》れ里《ざと》で手に入れた皮等が少し高く売れたので良しとしよう。

「やっと仕事か！」

「力仕事ならまかせとけ！」

交渉が終わったので俺は馬車に戻《もど》り荷物を運び出した。当然のようにクルスくんと冒険者組に手伝ってもらう。馬車の容量よりも多いのだが何度も往復しているので見た目は誤魔《ごま》化《か》せるはず。荷物は俺のアイテムボックスに入っているのだが、熊の行商人にはおじいさんが持っていると言ってある。俺のアイテムボックスのことはまだ内緒《ないしょ》だ。

ちなみに毎回の宴会時、おじいさんがお酒を出しまくっていたので、熊の行商人はおじいさんがアイテムボックスを持っていると思っている。その思い込みを利用させてもらったのだ。

俺達が荷物を運んでいる間に商人組はしっかりと情報収集をしていたようで、彼女達《かのじょたち》の案内でお昼を食べることになったのだが、妹ちゃん達を見て直《す》ぐに入店拒否《きょひ》をされてしまった。

仕方がないのでご飯は屋台で済ませることにしたのだが、そこでも妹ちゃん達を見ると拒否するお店があった。あまりいい気分にはならなかったので冒険者組にお願いして買ってきてもらい皆で広場で食事をした。

その後も王都を散策してみたが、高級店……とまではいかないが少し見映《みば》えの良いお店ほど入店拒否をされる確率は高かった。まさかここまで差別があるとは思わなかったのでビックリだ。

妹ちゃんやイリヤちゃん、それになぜかサクヤちゃんまで落ち込んでいたのでその日の夜ご飯に果物のハチミツがりを出してあげた。おじいさんが微妙《びみょう》な顔をしていたけど気にしてはダメだ！


今日はお休みです。

お休みといっても冒険者組はクイーン達を連れて狩りに出掛《でか》けていった。獣人街の冒険者達《ぼうけんしゃたち》と一緒にだ。クイーン達は街ではすることが無くて暇《ひま》そうだし、ぴーちゃんにいたっては飛べもしないのでストレスが溜《た》まりまくりらしい。獣人街の冒険者達が狩り場を紹介してくれるというので少しは発散できるだろう。ただ、おじいさんとクルスくんも一緒なので狩りすぎが少し心配なのだが……。

商人組は獣人街のお店巡りをするようだ。アイテムボックスにはまだまだ商品が残っているので売っても良いし、掘《ほ》り出《だ》し物《もの》でも見つけてくれれば御《おん》の字《じ》だ。熊の行商人が一緒に行ってくれるみたいなので護衛の面でも大丈夫かな？

そして俺達、今日休みにした理由の妹ちゃんのご機嫌とりだ。王都に着いてからの兵士や店の人の対応などでストレスが溜まってるみたいなので少しは元気になってもらいたいのだ。

クルスくんは狩りで発散するし、イリヤちゃんはそもそもそんなことは気にしていない。妹ちゃんとサクヤちゃんはまだ小さくこういうことに慣れてないので元気がないのだ。

元気になってもらいたいが、いかんせんすることがない。しょうがないので何かおもちゃでも作ろうかな？

アイテムボックスから木材を取り出して色々と削《けず》りだしていく。

「おにいちゃん、なにつくってるの？」

広場で作業していると気になった妹ちゃんとサクヤちゃんがやってきた。その後ろにはイリヤちゃんが。

「遊ぶものを作ってるんだよ。楽しみにしてな」

「うん！」

「楽しみ……」

とりあえず興味は引けたようなので後は完成させるだけだ。

そして完成したのがこちら。独楽《こま》にけん玉、竹馬に竹トンボ。材料が竹じゃないからこの名前で良いのかはわからないが……。とりあえず今作れるのはこれくらいかな？

まぁ、独楽にしてもドングリゴマみたいな作りだし、けん玉にしても玉も皿の部分も少し歪《いびつ》だけど、遊ぶだけなら問題ないだろう。

妹ちゃん達と遊びながら製作、改修をしていると獣人街の子供達も集まって来たので一緒に遊んでみた。子供達も楽しそうにしていたので良かった、良かった。

隠れ里の子供達と違ってここでは遊ぶ所が無いからとても嬉《うれ》しそうだった。

作り方は簡単なので後で大人達に教えておこう。そのうち子供達が自分で作って遊べるようになればいいいな。


そんな遊びをしていると商人組が帰ってきた。お店を見て回るとのことだったが、ここにはお店が一軒しか無かったので、すぐに見るものが無くなったそうだ。代わりに小麦なんかが欲しいらしく、色々交渉していたようだ。その中で王都に懇意《こんい》にしている商人がいるらしく、その商人繋《つな》がりで色々と仕入れてもらえることになったので明日は仕入れに同行することになった。

その懇意にしている商人は獣人族に偏見《へんけん》が無いとのことなので明日は妹ちゃん達も楽しめるかもしれないいな。ちなみに獣人街に来てくれるみたいで、その点も安心だ。


話し合いが終わる頃には日も傾《かたむ》きかけ、帰ろうかという頃、冒険者組が帰ってきた。それぞれが大きな獲物を抱《かか》えて……。

それを見た子供達は大喜びだが、さすがにこの量は解体するには時間がかかるのでおじいさんにしまっておいてもらおうとしたら、すでに倍以上の量をしまってあるとか……。明日は獣人族総出で解体作業かな？

次の日の朝、商人組、獣人街の商人、王都の商人が揃《そろ》って俺達が泊まっている宿屋に訪ねてきた。

「おはようございます、今日は宜《よろ》しくお願いしますね」

「お、おはようございます」

獣人街の商人は狐人《きつねひと》族のようで明るい感じ、王都の商人は若いが気が弱そうだった。話は商人同士でしているので俺達は狼車《おおかみしゃ》から出す振りをしてアイテムボックスから小麦やポーション等を出していく。

こちらが買う商品は王都周辺で採れる植物、お酒、各地の名産品から伝統工芸品まで様々だ。各地の品は値段がそれなりにするが、色々集まったのでお得だろう。

お昼頃《ひるごろ》になると昨日の獲物の解体が終わり始め皮や爪《つめ》、牙《きば》等の素材が持ち込まれてきた。ここに商人が集まっているのでちょうど良いと持ち込まれたのだ。

「けっこうな量が集まりましたね」

「こ、こんなに沢山《たくさん》どうしましょう？」

「私達はいいのでそちらで貰っちゃって構わないですよ」

昨日狩ってきた獲物の素材は正直まだアイテムボックスに残っているので渡《わた》して構わないのだが、量が多すぎて困ってしまったようだ。

ただ、隠れ里でも感じたことだが、獣族・獣人族は解体が上手《うま》く素材が綺麗《きれい》なので王都なら問題なく売れると思うのだが……。

「え、えっと、実は僕《ぼく》ってギルドから良く思われてなくって……」

「なんでも昔行商してた頃に獣人に助けられたらしくてね、それから獣族・獣人族の差別なく商売してくれてたんだよ」

「それを親方が良く思ってなくて、追い出されるように独り立ちしたんです」

「でも、商人同士の繋がりって強いだろ？　そのせいでここじゃあんまり良い商売が出来てないみたいなんだよ。ここにとっちゃ商売してくれるだけありがたいんだけどね」

なるほど、獣人達と付き合いがあるとそういう弊害《へいがい》もあるのか。もちろんギルドは表だって差別はしないが、ギルド相手だけでは商売はやっていけないだろう。確かに持ってきてくれた品物も数が少ないし安めの物が多かった。それはこのことが原因だったのか。

もちろん最低でもギルドに売れば儲《もう》けは出るのだが、せっかく王都で出来た商人の知り合いだ、なんとかしてあげたいな。

俺は商人組と話し合い、一つ提案してみた。

「なら、私達とも取引をしませんか？」

「と、取引かい？」

「はい。私達が仕入れた物を売って、私達が欲しい物を手に入れる。ここにいつまでもいられないのでお願いしたいんですけど」

「けど、さっきも言ったけどこの街では僕は立場が弱い。ろくなものを仕入れられないよ？」

「それなら大丈夫よ！　逆に向こうから取引を持ちかけてくるわ！」

そう、こちらから出来ないなら向こうから来させればいい。そのための品物は沢山あるからね。むしろ在庫が減るからありがたい。

つまり、おじいさんが狩ってきたワイバーンなんかの素材を彼らに扱《あつか》ってもらおうというのだ。

俺達だけならギルドにしか売れないが彼ならワイバーン素材でも扱える他の商人も知っているだろう。そして、そんな商人ならきっと欲しがるはずだ。

すでにギルドに売っているのでワイバーンの素材を売った商人がいることは把握《はあく》しているだろう。ワイバーンなんかの素材ならば貴族や上級冒険者、ひょっとすると騎士団《きしだん》なんかも欲しがるかもしれない。こちらは売る伝手《つて》が無いが、伝手がある商人なら喉《のど》から手が出るほど欲しがるだろう。

こちらは在庫が無くなるし、商人達は伝手が手に入る。誰《だれ》も損をしない良い考えだと思う。

素材は獣人街に置いておく。ここの冒険者はランクのわりにはかなり強いらしいので警備をして貰うのだ。素材の売り上げから依頼料《いらいりょう》を払《はら》うので彼らも喜んで警備をしてくれるそうだ。

これでまた王都に来る理由が出来ちゃったなぁ……。

「よし、次の町に出発だ！」

クルスくんの掛《か》け声《ごえ》と共に俺達は王都を離《はな》れ次の町に向けて出発した。

ワイバーン等の素材に関しては獣人街の商人達にお願いしておいた。どうせ帰りにも寄る予定なのでそれまでになんとか出来ていれば良いなぁと思っている。少なくともお酒は多めに仕入れてくれるように頼《たの》んでおいた。

そして、次に向かうは港町である。理由は単純、塩を買うためである。この世界でも海は塩水で海水から塩が作れるのでそれを買いに行く。

岩塩と違い少し高いが味が良いので商品としても外れない品だ。

熊の行商人の家も近づいているらしく、自分達の村の分を買いたいそうだ。ついでに孤児院《こじいん》の分も買っておこう。

出発して数日、あれよあれよという間に目的の港町に到着した。というのも、港だけあり、交易が盛んで王都との街道《かいどう》が整備されていたので馬車のスピードが速かったことに加え、王国の騎士団が巡回《じゅんかい》しているらしく、モンスターや盗賊を気にせずに走れたからだ。

「にしてもこの匂《にお》いはキツいな」

「これが海の匂いだよ、我慢《がまん》しないとね」

港町に着いてまず気になったのは海の香《かお》りだろう。俺としては懐《なつ》かしい匂いだが、鼻の良い妹ちゃんやクルスくんは慣れるまでは大変かもしれない。クイーンも少し嫌《いや》がっていた。

町の中は他国とも取引をしているためか獣族や獣人族もちらほら見かけるので、王都ほど嫌な感じはしなかった。

通りを歩くと屋台が出ているのだが海の匂いに負けない海産物を焼く良い匂いがした。

「あぁ、良い匂いがするな」

「ヨダレが出る匂いだな」

「おにいちゃん、あれたべよ？」

焼かれた海産物の匂いに食欲が刺激《しげき》されたのか冒険者組も妹ちゃん達《たち》も食べる気満々である。

「じゃあ、皆で適当に買って、どこかで食べようか」

「じゃあ、俺達が買ってくる！」

「なら、私達は食べれる場所を探しましょ」

俺の提案にクルスくんと冒険者組が買い出しに、商人組の子達が広場を探しに動き出した。

妹ちゃんも買い出しに行きたそうだったけど、人通りが多く迷子にならないか心配だったので一緒に場所取りに来てもらった。

少し歩いた先に広場があったので、そこに馬車を停《と》め買い出し組を待った。しばらくすると大量の食べ物を持った冒険者組が戻ってきた。

「いやぁ、どれも美味《うま》そうで迷っちゃったよ」

「良い匂いだしな」

「それに値段も安かったな」

確かに他の所と比べると海産物は驚くほど安いだろう。なにせ保存技術が乏《とぼ》しいから基本的に産地でしか食べられないからだ。

買ってきた物は串《くし》に刺《さ》した焼き魚に焼いた貝、干物《ひもの》のような開いた魚を焼いたのもある。この世界では生で魚は食べないらしい。刺身《さしみ》も食べたいとは思うが食中毒が怖いし醤油《しょうゆ》も無いので諦めよう。

「おいしい！」

「美味いな！」

「ハグハグハグ」

買ってきた物はどれも美味《おい》しかった。魚は脂《あぶら》がのってるし、身も厚い。貝もサザエのようなやつやハマグリのような物がありどれも美味しい！

醤油が無いので味付けは塩味なのだが、塩が豊富なだけあってしっかりとした味がありこれはこれで美味しい。

ここには塩を買いに来たが魚を買うのもありかもしれない。他の人なら無理だろうが俺のアイテムボックスなら腐《くさ》らないからな。干物もあったし乾燥昆布《かんそうこんぶ》みたいなのもないか探してみるのもいいかもしれないな。


お腹《なか》がふくれた俺達は泊まる宿を探し始めた。

王都での事があるので難航するかと思ったのだが、港町だけありすんなりと宿が決まった。

もちろん馬車もクイーン達も一緒に泊まることが出来た。


今日は手分けして買い出しをすることになった。

宿の食事で出た鍋《なべ》が魚介類《ぎょかいるい》がたっぷり入って美味しかったからだ。妹ちゃんもクルスくんもおじいさんも魚介類を買う気満々である。

買い出しに行くには大人数過ぎるので何人かに分かれて行動することになった。

班分けは熊の行商人と商人組と冒険者組が半分の組。

残りの冒険者の組。

そして、残りの俺達の組だ。

商人組にはギルドに行って、塩を買ってきて貰《もら》う。出来るならまだ残ってる素材を売ってくれれば嬉しいな。ここは他国とも取引をしているのでワイバーンなんかの貴重な品は高く売れる気がする。

冒険者組と俺達の組は町中で買い出しだ。魚介類だけでなく何か珍しい物があったらそれも買ってもらうつもりだ。港町だし王都より安くいろんな物があるだろう。

商人組は馬車で出発した。俺もおじいさんもいないのでとりあえず出せる荷物を積んでおいた。

冒険者組もアイテムボックスが使えないのである程度買ったら宿に戻ることになっていた。魔《ま》法《ほう》の鞄《かばん》に入れることも考えたが魚介類が生きていた場合、入れられないのでしかたがない。

俺のアイテムボックスも生きているものは入れられないが魚はその都度シメてもらえば入れられるはずである。ただ、貝類は難しいかも知れないなぁ……。

通りに出ると市場のようなものが開いていた。海の方に近づくほど魚介類を売る店が多いようだ。大きな魚から小さな魚、一匹《ぴき》丸ごとの魚に切り身の魚と種類は豊富だ。

「シュウ、こっちの魚、美味そうだぞ！」

「おにいちゃん、これもかって！」

「おいシュウ、ここのおばちゃんがこれ買うとオマケしてくれるって言ってるぞ！」

地球の魚に似ているのもあれば見たこともない魚もあるので味がわからない。そのため手当たり次第に買うのだがクルスくんと妹ちゃんが競《きそ》うように魚介類を勧《すす》めてくる。近くの屋台のおっちゃんおばちゃんも面白《おもしろ》がって勧めてくるもんだから俺達の回りは混沌《こんとん》としてきていた。

「さくやちゃん、あっちにもあるよ！　いこう！」

「うん！」

妹ちゃんのパワーに感化されたのかサクヤちゃんも元気に屋台巡《めぐ》りをしている。おじいさんが見てくれているので問題は無いと思う。

そうして順番に買い物をし、荷物を持っていく振《ふ》りをして建物の陰《かげ》でアイテムボックスにしまうのを繰《く》り返《かえ》しているといつの間にか妹ちゃんの声が聞こえなくなっていた。

「あれ？　クルスくん、あの二人は？」

「ん？　おチビ達か？　そういやいつの間にかいねぇな」

となるとおじいさんなら知ってるはずだよな？

「おじいさん、サクヤちゃん達はどこ行ったんですか？」

「ん？　サクヤならばあそこの陰におるぞ」

おじいさんが指差す所は建物の陰に隠れて見えなかった。魔力《まりょく》を探《さぐ》ってみると確かに妹ちゃんとサクヤちゃんらしき反応があった。

何をしているのか見に行こうと思ったら建物の陰から二人が走ってきた。

「二人とも、何してたの？」

「おにいちゃん、あのね、このこにごはんあげて！」

「お腹空《なかす》かせてるの……」

そう言って二人は抱《だ》き抱《かか》えていた猫《ねこ》を俺達に見せてきたのだった。


二人が抱いているのはボロを纏《まと》った猫だ。大きいので仔猫《こねこ》ではないだろう。この世界にも猫はいたんだな。しかし、野良猫《のらねこ》を拾ってくるとは……。

ここが日本ならちゃんと世話を出来るのか聞くところなのだが、従魔《じゅうま》達の世話を孤児院の皆に頼んでいる俺が聞いても説得力は無いだろう。

二人が連れてきた二匹の猫の今後を考えていると、

「お腹空いたにゃ～」

「……喋《しゃべ》った⁉」

妹ちゃんが抱いている猫が喋ったのだ。

「当たり前じゃないの、この子達猫《ねこ》族なんだから」

驚く俺に後ろからイリヤちゃんが教えてくれた。そっか、猫族か……。隠れ里でも獣人街でも見かけなかったから、うっかりしてた。

「でも、この辺りの子じゃないのかしら？　この辺りの言葉じゃないみたいね」

俺には普通に聞こえたと思ったがどうやら違《ちが》うようだ。言葉が違うのか方言のようなものなのかはわからないが、イリヤちゃん達には少しわかりにくいみたいだ。俺がわかったのは『異世界言語』のおかげなのかな？　もしかして語尾《ごび》の「にゃ～」が言葉の違いなのか？

とりあえずお腹が空いてるようなので、邪魔《じゃま》にならない場所に移動し、ミルホーンの乳《ちち》をお皿で出してあげた。乳を飲むかわからないし、あげても平気なのかもわからないが、なんとなく猫にはミルクな気がしたからだ。

妹ちゃんとサクヤちゃんが猫をお皿の近くに連れていくと鼻をピクピクさせたと思ったらピチャピチャと乳を舐《な》め始めた。

「クキュルルル……」

出してあげた乳を飲み終わる頃には猫達《ねこたち》のお腹から可愛《かわい》い音が聞こえてきた。

何か屋台で買ってくるか、どこかに食べに行くか、そう考えた時、妹ちゃんが立ち上がり走り出していた。あの方向は屋台のある方だ。

俺はクルスくんにお金を渡し妹ちゃんを追いかけてもらった。クルスくんも一緒になったからきっと色々買ってきてくれるだろう。

「おにいちゃん、ごはんかってきた！」

乳を飲み終わった猫族の子をサクヤちゃんとイリヤちゃんが撫《な》でていると妹ちゃんとクルスくんが手にいっぱいの食べ物を買ってきてくれた。

「美味しそうにゃ」

「羨《うらや》ましいにゃ」

買ってきた食べ物の匂いがするとお腹を空かせた猫族が食べたそうにしていた。

「これたべる？」

妹ちゃんが焼魚串を猫族の子の前に差し出した。

「食べても良いのかにゃ？」

「いっしょにたべよ！」

「ありがとうにゃ」

「嬉しいにゃ」

猫族の子達、妹ちゃんにサクヤちゃんが仲良く焼魚を食べている。離れたところではクルスくんとおじいさんが焼魚に焼き貝をモリモリ食べている。あのペースだとおかわりを買いに行きそうだな。

「それであの子達どうするの？」

「どうしよっか？　迷子だったら親を捜《さが》せば良いんだけどね」

「もし違ったら？」

「孤児院に連れて行くしかないんじゃない？」

イリヤちゃんと話をしていると、どうやら猫族の子達は食べ終わったみたいだ。体が小さいから食べられる量が少ないのだろう。

「お腹いっぱいだにゃぁ」

「美味しかったのにゃ」

俺はその二人に近づき話しかけた。

「二人はこの町に住んでるのかな？」

「はいにゃ」

「でも、おうちは無いにゃ」

「じゃあ、お父さんかお母さんは？」

「お父さんもお母さんもいないにゃ」

「お母さん死んじゃったにゃ」

そう言うと二人は泣き出してしまった。


お腹もふくれ、泣《な》き疲《つか》れたのか猫族の二人は寝《ね》てしまった。このままにしてはおけないので宿に連れていこうとしたのだが、妹ちゃんとサクヤちゃんが二人を抱っこするというのでお願いしてみた。

宿に着くと店員さんに二人分の追加料金を支《し》払《はら》った。二人はまだ小さいので余っているベッド一つで足りるだろう。

妹ちゃんとサクヤちゃんが二人から離れようとしなかったので、クルスくんとおじいさんに買い物の続きをお願いしておいた。おじいさんがいるので荷物持ちの心配は無いから色々買ってきてくれるだろう。屋台の食べ物も一応頼んでおいた。猫族の子が夕飯に起きるかわからないので念のためだ。

陽《ひ》が暮れ始めた頃商人組、冒険者組が帰ってきた。彼等《かれら》に猫族のことを説明していると部屋にいた妹ちゃんが二人が起きたと教えに来てくれた。

あまり大勢で行くのも怖《こわ》がられるといけないので、最初に会ったメンバーだけで二人と話すことになった。

「村がモンスターに襲《おそ》われたにゃ……」

「お母さんが病気で死んじゃったにゃ……」

二人は悲しい出来事を泣きながらもポツリポツリと話してくれた。

二人はまだ小さく詳《くわ》しいことはわからなかった。しかし、おおよそのことは理解できた。

二人はここことは違う大陸で暮らしていた。しかし、住んでいた村がモンスターに襲われ、村は壊滅《かいめつ》した。その時に父親が亡《な》くなってしまった。

なんとか生き残った母と子供二人は仲間が暮らす別大陸へと向かった。

どうにか船に乗り込むことが出来たが、船旅の途中、旅の疲れか心労か、母親が病で亡くなってしまった。母親が亡くなったことで船員にこの町に降ろされてしまったらしい。

「あいつらの目的地ってここじゃないよな？」

話を聞き終えたクルスくんが質問してきた。

「ここなわけないだろ？」

「だよな、他の国はわからないけど、この国じゃ猫族は暮らし辛《づら》いはずだぞ」

「なら、なんでここで降ろされたんだ？」

冒険者《ぼうけんしゃ》組が口々に意見を言い合う。

「多分、捨てられたのよ」

イリヤちゃんがその答えを予想した。

「母親がいないんじゃ、あの子達は生きていけないわ。だから船員に捨てられたのよ」

おそらく船代は最初に払っているはずなので普通なら目的地まで行けるはずである。しかし、親がいなければ育てて世話をする人が必要になるだろう。また、目的地に着いたとしても親がいないあの子達に未来は無かっただろう。船員としても苦渋《くじゅう》の決断であってほしい、じゃなきゃあの子達が可哀想《かわいそう》だ。

「なんだそれ！」

あの二人が捨てられたことにクルスくんは憤《いきどお》り、他の皆も怒りなのか悲しみなのか顔を歪《ゆが》ませている。

「あのこたち、すてられちゃったの？」

悲しそうな顔で妹ちゃんが俺に質問してくる。

俺はハッキリと答えた。

「違うよ、俺達《おれたち》の家族になりに来たんだよ」

この時皆《みな》は新しい家族に笑顔《えがお》を見せた。

仲間達の説得は成功したので次は猫族の二人だ。

二人に孤児院に来るか聞くのは俺の役目になっていた。というのもまともに会話ができるのが俺しかいないからだ。

熊《くま》の行商人に聞いたところ、知っている範囲《はんい》で言語は共通らしい。確かに山向こうの農村でも普通に会話が出来ていたからね、納得《なっとく》だ。ただ、訛《なま》りのようなものがあるので普通に会話が出来るかは話してみないとわからないらしい。

猫族の二人にも他の人の言葉は聞き取り辛いらしいので慣れるまでは苦労するかもしれない。

そして、話し合いはすぐに終わった。やはり、二人だけで生きていくのは辛かったみたいだ。それに妹ちゃんとサクヤちゃんに懐き始めたのも良かった。話し合いの最中も側《そば》で見守っていたのだが、猫族の二人は少し嬉しそうにしていた。

さて、猫族を保護する出来事があったが、それ以外は順調に出来たようだ。

商人組はギルドで交渉し塩を大量に買うことが出来た。素材と交換《こうかん》のような形になったらしく準備に数日かかるとのこと。まぁ、素材を売るにしても相手を探さなくてはならないし、塩もある程度は在庫があるだろうがそれを超《こ》えたら仕入れなければならない。

数日滞在《たいざい》が延びる位どうってことない。

冒険者組は俺達のように町中ではなく漁師達がいる所へ直接魚介類を買いに行ったみたいだった。そこで、お店に売れなかった物を買ってこれたみたいだった。

買ってきたものを少し見せてもらったが、大量の小魚や屋台では見なかった海藻《かいそう》を仕入れたみたいだった。

俺達は屋台を中心に回っていたので、ここで一般的《いっぱんてき》な物や調理済みの食べ物を仕入れていた。

さしあたって急ぎの用事も無かったので今後の予定は明日決めることにし、その日は早めに就寝《しゅうしん》することになった。


次の日、朝食を食べながら予定を決めた。

商人組は商業ギルドで他に何か買える物がないか探す。

冒険者組は冒険者ギルドでどんな依頼があるのか調べる。もちろん依頼を受けてもいいし、受けなくてもいい。

俺達は猫族の二人の様子を見ながら二人の荷物の回収。それと時間があれば漁師達の所で色々見て回るのも面白いかもしれない。

朝食を食べ終わった後、猫族の二人に確認してみた。元気いっぱいとはいかないが、ご飯を食べたおかげで移動は問題ないみたいだった。

二人に住んでいた所を聞いたらすぐに案内してくれた。

「こっちにゃ」

「ついてきてにゃ」

二人について行くと町外れに到着《とうちゃく》した。ここは漁師小屋なのか、近くに船や網《あみ》が見える。

「もしかしてこの中の小屋に住んでたの？」

「違うにゃ」

「入ったら怒られるにゃ……」

そう言うと二人は小屋の裏手に回った。

そして、地面を掘り始めた。

「あったにゃ！」

それは汚《よご》れた袋《ふくろ》だった。

「もしかして荷物はそれだけなの？」

「はいにゃ」

「お母さんのにゃ」

どうやらこの町に降ろされたときに荷物まで取られてしまったらしい。それでも母親の形見だけは持ってこれたみたいだ。住んでいるのも小屋の外らしい。わずかに屋根があり雨が防げるので、ここにいたみたいだ。

「ご飯はどうしてたの？」

「お魚食べてたにゃ」

「たまに拾えるにゃ」

多分漁師さん達《たち》が捨てたか落とした物を食べてたんだろう。

幸い出会ったのが早かったから大事《だいじ》無かったけれど、出会いが遅《おそ》かったり、下手して出会わなかったらいったいこの子達はどうなっていたのだろう……。


猫族の二人の荷物を無事に回収した俺達は予定通り漁師達の所へ向かった。といってもすでにここは浜辺《はまべ》なので漁師を探すだけなのだが、海を見ると何隻《なんせき》もの船が浮《う》いているので漁中なのだろう。

漁といえば朝早く、日の出前から行くイメージだったがこの世界では違うのかな？　日の出と共に働き出すこの世界だけれど、さすがに灯《あか》りが必要だと夜の海は危ないのだろう。となると船が帰るまでは時間が余るな。それまで何をするかな？　と考えていると、

「まて～！」

「まつにゃ～」

妹ちゃんとサクヤちゃんと猫族の二人が波打《なみう》ち際《ぎわ》で遊び始めていた。初めて海を見た妹ちゃんならまだしも猫族の二人も初めて遊んだように喜んでいる。もしかすると生きるのに一生懸

命で遊べなかったのかもしれないな。サクヤちゃんがいるのでおじいさんとイリヤちゃんがしっかりと見ていてくれるだろう。

クルスくんは子狼《こおおかみ》達と砂浜《すなはま》を走り回っている。ステップホース達は宿で休んでいるがクイーン達は運動したいとついてきたのだ。そのクイーンは俺《おれ》の側にいた。どうやら俺の護衛らしい。

ここでのんびりするのも良かったのだが、クイーンの為《ため》にも少し散歩でもしてこようかな。散歩ついでに人を探す。漁師さんか家族の人でもいれば魚の交渉をしたいところなのだが難しいかな？

歩きながら漁師小屋や残っている船の近くを覗《のぞ》いてみるも人は見当たらない。

「ウォン！」

うろうろと探していると少し離れた所を走っていたクイーンが呼んできた。どうやら何かを見つけたようだ。

「なんでここに狼がいるんだ！」

俺が近づくとクイーンに驚《おどろ》く人がいた。

「すいません！　この子は俺の従魔なんで攻撃《こうげき》しないでください！」

見るとその人は銛《もり》？　を持ち構えていた。

「危なくないのか？」

「はい、大丈夫《だいじょうぶ》です」

俺はクイーンに近づき撫で始めた。クイーンは気持ち良さそうに撫でられている。

「で、坊主《ぼうず》は何者だ？」

「えっと、行商人見習いかな？　将来は冒険者になろうと思ってるんですけど……」

「ふむ、で、その見習いが何をしに来たんだ？」

「あ、はい、魚を買いたくて来たんですけど……」

「魚か……。ならば市場で買えば良いだろう？」

「市場でも色々買ったんですけど、他《ほか》にも欲《ほ》しいのがあって直接漁師の人から買えないかと……」

「なるほど、そういうことか。だが、他の連中はまだ帰ってくるまで時間がかかるぞ？」

そう言ってその人は近くにあった箱から小魚を出し、クイーンに向けて放《ほう》り投《な》げた。

「ウォフ！」

と鳴くとクイーンはその小魚をパクリと食べた。

「あ、ありがとうございます」

「気にするな、どうせ売れないやつだ」

その後話をするとこの人はやはり漁師らしくすでに漁から帰ったところのようだった。クイーンにくれた小魚は明日釣《つ》りに使う予定で取っといたそうだが、まだたくさんあったのでいくつか放り投げていた。

「前の日に言えば買えるかもしれんが、漁では何が捕《と》れるかわからんからな、欲しいものがあるかわからんぞ」

「あ、それは大丈夫です。まずはどんな物が捕れるのかを知りたいので」

「そうか。なら俺から話しておいてやろう」

なんと、この漁師さんが他の漁師さんに話をしてくれるというのでお願いしておいた。

魚はもちろん小魚や海藻、持ち帰るのが難しいけど貝類もあれば嬉しいな。

他の漁師さんが帰ってくるまでまだ時間があるので俺とクイーンはもう少し近くを散歩することにした。


「しょっぱ～い！」

「しょっぱいにゃ！」

「にゃ～！」

漁師さんと別れどこへ行こうか考えていると妹ちゃん達の悲鳴が聞こえてきた。俺とクイーンが慌《あわ》てて妹ちゃん達の所へ向かうと妹ちゃんと猫族の二人はおじいさんが出した水をガブガブと飲んでいた。

「いったい何があったんですか⁉」

おじいさんがいるから大きな問題があるとは思っていなかったけど、悲鳴が聞こえるとは思わなかったのだ。

「いや、なに、ただ海の水を飲んだだけじゃよ」

なるほど、偶然《ぐうぜん》なのか喉が渇《かわ》いていたからかはわからないが初めて海水を飲んだのならビックリするのは当然だろう。サクヤちゃんが水を飲んでないのは海水の事を知ってたからかな？

「みんな、大丈夫？」

「おにいちゃん！　あのおみずのめないよ！」

「とってもしょっぱいにゃ！」

「お水じゃないにゃ……」

なんとかしょっぱいのが治まったのか口々に海水の不満を言い出していた。

「あの水からお塩が出来るんだよ。だからしょっぱいんだ。これからは飲まないように気を付けるんだよ？」

「はーい！」

「はいにゃ！」

「にゃ！」

うん、素直《すなお》でよろしい。さて、妹ちゃん達はこのせいで少し海水を怖がってる雰囲気《ふんいき》があるな。一緒《いっしょ》に散歩でも誘《さそ》おうかな？

「しょっぺ～！」

「「「キャウ～ン!!!」」」

おっと、向こうでも同じことしているのがいるな？

見ると大慌《おおあわ》てで走ってくるクルスくんと子狼達が見えた。

俺は大きめの水の塊《かたまり》を魔法で出し、待ち構えているとクルスくん達は勢いそのままに顔を突っ込んだ。

「良かった！　これは飲めるぜ！」

顔を水から出してクルスくんはそう叫《さけ》んだ。

「ガウゥ～」

子狼達もよっぽどしょっぱかったのか萎《しな》びていた。というか、魔法で出したのはわかっていたのだろうが海水で失敗したのだから確認《かくにん》してから飲んでほしかったな。

「いやぁ、まさか海の水があんなにしょっぱいとは思わなかったぜ」

「なんで海の水なんか飲んだの？」

「いや、なんとなく？」

「ガウ！」

う〜ん、好奇心《こうきしん》ってことかな？　どちらにしろ皆集まったなら一緒に行動しようかな？

「ところで、今からあっちの方に行こうと思うんだけど一緒に行く？」

「いく～！」

「行くにゃ！」

「にゃ」

「おう！　行くぜ！」

皆も賛成みたいなので、港町とは少し離れていくけど岩場の方に向かった。

向かう途中《とちゅう》に漁師さん達から魚を買えるかも知れないことを伝えておいた。

岩場は少し離れていたので小走りで向かった。おじいさん、クルスくん、クイーン達は問題なく走れたが俺達は砂浜にまだ慣れていないので少し走り辛《づら》かった。

岩場に着くと皆散らばって歩き回った。岩場には水溜《みずた》まりが出来ており、その中に何かいないかと探しているのだ。

「おにいちゃん、おさかないっぱいだよ！」

「お魚、たくさん……」

「おさかなにゃ！」

「ちっちゃいにゃ！」

早速《さっそく》小魚を見つけたみたいでサクヤちゃんまで興奮しているみたいだ。

「おい、シュウ！　貝もいるぞ！　これ食えるのかな？」

「ガウ！」

「ウォン！」

「ワウン！」

クルスくんも子狼達も早速色々見つけたようだ。

俺も辺りを見ていると小魚や貝、カニを見つけることが出来た。さすがに小さいし食べられるかわからないが、カニも食べたいなぁ……。

「ガルルルルッ！」

そんなことを考えているとクイーンの威嚇《いかく》する声が聞こえてきたのだった。

クイーンの声に素早《すばや》く反応したのは子狼達。即座《そくざ》にクイーンに近付き周囲を警戒《けいかい》した。

次に反応したのはクルスくんイリヤちゃん妹ちゃん。それぞれ武器に手をかけ警戒する。

遅《おく》れて俺が反応し猫族の近くに寄っていった。しかし、ふと気付くとおじいさんが何も動いていなかった。まぁ、おじいさんなら警戒するまでもないってことかな？　などと考えながら周囲を見回し、クイーンが警戒した相手を見ようとしたのだが……いない！

クルスくん達もキョロキョロと捜しているようなのだが見つかっていないようだ。

しかし、クイーンと子狼達はまだ警戒を解いていない。

「なぁ、何かいるか？」

「何も見えないわね」

「なんかトレント捜してる時みたいだな」

クルスくんの一言に俺は思い出し、魔力を調べてみた。そしたらまぁ、いるわいるわ、海に近い岩場にいくつもの魔力の反応を見つけることが出来た。

「見つけたよ！」

「おっ、どこだ⁉」

「そこらじゅうに沢山《たくさん》！」

「はぁ？」

クルスくん達は「何言ってんだ？」みたいな顔をしてきた。そして、俺は相手がトレントのように擬態《ぎたい》しているのではないかと伝えた。

「そういうことか！」

「それじゃあ見つからないわね」

「臭《にお》いとかはない？」

俺が聞くとクルスくんが臭いを、イリヤちゃんが音を頼《たよ》りに捜してみたがわからないみたいだ。

クイーンが気が付いたのだから何かしら気付きそうな気もするのだがなぁ？


とりあえず行動してみようということで、俺が反応の一つに石を投げてみた。

しかし、反応の近くに当たっても何も動きはなかった。反応がないので石を大きくしたり投げる力を強くしたりしてみたところ、岩が動き出し、巨大《きょだい》なハサミが現れたのだった。

「なんだあれ!?」

「でっかいわね」

「ハサミ……？」

「シュウ、ハサミってあれがか？」

「うん、多分あれはカニのハサミだと思うよ」

巨大なハサミは二つあるのでおそらくカニのモンスターなのだろう。あの大きさならば腕《うで》や足なんかは簡単に挟《はさ》まれちゃうだろうから気を付けないといけないな。

「どれくらい強いかわからないけど、ハサミには気を付けてね」

「おう！」

「わかったわ！」

「あい！」

「「「ウォン！」」」

さて、ハサミに気を付けるのは良いとして、どう対処しようかな？　ハサミがあるから離《はな》れて攻撃するのがいいんだろうけど、見るからに岩の体には矢やナイフなんかは効かないだろう。おそらく岩の下には甲殻《こうかく》もあるだろうし。

いつも忘れているのだが、今日は忘れずに『鑑定《かんてい》』し、ロッククラブという名前が判明した。『鑑定』がどこまでわかるのか知らないが、とりあえず毒表記が無いので食べられるかもしれないな。

そのロッククラブはその場から動こうとしなかったので、色々と試《ため》してみることにした。

イリヤちゃんの弓矢。

妹ちゃんの投げナイフ。

クルスくんの投石。

しかし、どれも効果はなく少しハサミを動かす程度で終わってしまった。

物理がダメなら魔法では？　ということで地水火風に氷や雷《かみなり》など色々試してみたところ、火と雷が効果的……な気がした。うん、焼きガニだね。

そのまま火と雷の魔法を使って火加減というか威力《いりょく》を確かめながら一匹仕留めることが出来た。

辺りには焼きガニの良い香《かお》りが漂《ただよ》っていた。

「すげぇ良い匂《にお》いだな」

「クゥ～ン」

「「「ハッハッハッ！」」」

クルスくん、クイーン、子狼達が尻尾《しっぽ》を振りながらロッククラブに近付いていく。

「いいにおいなの！」

「お腹すいたにゃ」

「にゃぁ～」

声のする方を見ると猫三姉妹が匂いに釣られてフラフラと歩いていた。

確かにこの匂いは強烈《きょうれつ》に空腹を誘う。

「なあ、これ食べれるのか？」

我慢《がまん》できなくなったクルスくんが誰《だれ》に言うでもなく質問してきた。毒が無いのはわかっているが食べられるかは別問題。俺はこの中で一番詳しそうなおじいさんの方を向くが、

「ふ〜む、わしも知らんのう」

とのこと。こういうときは冒険者ギルドで聞くのが早いのだが、近くに知っていそうな人がいるのでまずはそっちに行ってみよう。


「それはお前達《たち》が倒《たお》したのか？」

カニのことを聞こうと漁師さんの所へ行くとすぐに声をかけられた。たぶんクルスくんと猫三姉妹が担《かつ》いでいるカニのせいだろう。

「はい、そうです。それで、聞きたいことがあるんですけど……」

「ああ、その前にそれはロッククラブだな？　お前達岩場にいったのか？　見たところ怪我《けが》してる奴《やつ》はいないみたいだが、あそこはロッククラブが隠《かく》れているから危険だ！　近づかない方がいい」

どうやら心配してくれたみたいだ。まぁ、子供ばかりでモンスターと戦ったのだ。当然だろう。

「やっぱりあそこ、危険なんですか？　クイーン……うちの従魔のおかげで気付いたんで大丈夫でしたけど危ない場所ですね」

「ああ、強さ自体は大したことないんだが、見つけ辛くてな。お前達に教えておけばよかった、すまんな」

「いえいえ、怪我も無かったんで気にしないでください。それで、このロッククラブ？　って食べられるんですか？」

「こいつか？　もちろん食えるぞ。茹《ゆ》でても焼いても美味《うま》いな！」

「ほんとか⁉」

「わ～い」

「にゃ！」

「にゃあ！」

漁師さんの言葉にクルスくんと猫三姉妹は大喜びだ。

今食べてもいいのだが、俺達だけで食べると商人組、冒険者組が可哀想だ。それにカニは食べたい。狩《か》るしかないだろう。

「あの、ロッククラブの狩り方とかありますか？」

そう言って漁師さんにカニの狩り方を聞いてみた。このカニが危険なのは見つけられないことなので、見つけられればハサミに注意するだけでわりと簡単らしかった。

「じゃあ魔力の所に攻撃するよ！」

俺は岩場で近くにある反応から魔法で石をぶつけていった。火や雷でも良いのだが加減を間《ま》違《ちが》えると焼きガニになってしまうのでしょうがない。

石を何度かぶつけると怒るのかロッククラブはハサミを持ち上げるので、それを目安に行動する。

「おりゃ！」

クルスくんが振り下《お》ろしたハンマーがロッククラブの頭？　辺りにめり込み倒すことが出来た。

これが倒し方の一つ。ただ、これをやると茹でガニにし辛いと思う。

お次は少しばかり面倒《めんどう》だが、丸々ロッククラブを手に入れることが出来る。ただ、ちょっと危ないのでクルスくんとクイーンに頑張《がんば》ってもらう。

手順としてはクイーンが背中から押《お》さえつけ、クルスくんがハサミを紐《ひも》で結ぶだけ。

近づかなくてはいけないので危険度は上がるが、慣れればやり易《やす》いらしい。

ロッククラブがその場からほとんど動かないのを良いことに時間の許す限り俺達は狩り続けた。そのおかげで大量のカニを手に入れることが出来たのだった。


「おいっ！　まさか、それ全部ロッククラブなのか⁉」

大量のカニを運んでいるとあの漁師さんに声をかけられた。

「はい、狩り方を教えてもらえたので助かりました！」

漁師さんは呆《あき》れというか困惑《こんわく》というか微妙《びみょう》な顔をしているがカニの為だ、仕方がない！

「それで、ついでに食べ方なんかも教えてもらいたいんですが……」

「あ、あぁ、なら母ちゃんに聞いてきてやるよ」

そう言うと漁師さんは建物の方に向かっていった。

漁師さんが聞きにいってる間に俺達はカニの整理をしていた。大きさごとや、生きてるか死んでるかといったところでの、カニの仕分けだ。アイテムボックスには生きてる物は入れられないのでカニは焼くか茹でるしかない。

日本では冷凍《れいとう》した物しか買ったことが無いのでカニのシメ方がわからないが……。


カニの整理をしていると漁師さんが呼びに来てくれた。

「おう、料理してくれるってよ！　ついてきてくれ！」

俺達はカニを抱《かか》えて漁師さんについていくと奥様方《おくさまがた》が大鍋《おおなべ》を準備して待っていてくれた。

ロックラブは滅多《めった》に捕れないが、捕れたとき用に大鍋を作っていたそうだ。ロックラブは大きいから家庭用の鍋《なべ》では入りきらないのだ。

しかし、俺達が捕ってきたロックラブの数が多すぎて、一匹《ぴき》しか茹でられない大鍋では時間がかかりすぎるとのこと。

そこで取り出すはドラム缶《かん》。まぁ、形が似てるだけで正確には違うのだが、これは旅の間にお風呂《ふろ》、ドラム缶風呂《ぶろ》に入ろうと思い作っておいた物だ。実際には街道《かいどう》を通っていた為に人が多く使うタイミングが無かったのだが……。

とにかく、俺が渡《わた》したドラム缶はカニを茹でるのに丁度良く、茹でるスピードは上がった。

丁度茹で上がった頃《ころ》漁に出ていた漁師達がちらほらと帰ってきたのだが、皆カニの匂いに釣られてこちらに顔を出してきた。ついでとばかりに話を通していた漁師さんが呼《よ》び掛《か》けてくれて、釣ってきた魚を買えるように交渉《こうしょう》してくれた。

交渉の結果、カニと魚を物々交換《ぶつぶつこうかん》することになった。さすがにカニの方が価値があるので今日の分だけではなく、何日か分との交換だ。漁師達も交換には喜んでくれたので良い取引になった。

「ピュイ～」

漁師達との交渉中にぴーちゃんがやって来た。どうやら商人組、冒険者組に頼《たの》まれて捜しに来てくれたらしい。気づけば辺りは薄暗《うすぐら》くなっており帰りが遅いと心配されたみたいだ。

クルスくんや妹ちゃん、サクヤちゃんでさえもカニを食べたそうにしているのでぴーちゃんには皆をここへ連れてくるように頼んだ。

夜ご飯はここで食べることになったので奥様方に魚料理も作ってもらおうかな？

夜、と言うにはまだ早い夕方、おじいさんと漁師さん達はすでに出来上がっていた。

茹で上がったカニが我慢できずに妹ちゃん達が食べ始め、おじいさんがカニをツマミに呑《の》み始め、そこへ仕事を終えた漁師達が集まり毎度お馴染《なじ》みの宴会《えんかい》へと突入《とつにゅう》したのだ。

朝も早い漁師さんがいるからか、晩御飯《ばんごはん》も早めに取るようで出来上がるのがいつもよりも早かった。

その頃になると商人組、冒険者組も来て一緒にカニ三昧《ざんまい》を楽しんだ。俺達に加え漁師さん達にその家族、クイーン達もカニを食べたのだが、まだ茹でていないカニも残っていたので残りも茹でてくれるようにお願いし、その日は楽しく終了《しゅうりょう》した。

「じゃあ今日はどうしようか？　……って、聞いてる？」

次の日今後の予定を相談するために集まったのだが、冒険者組はカニを思い出してるのか上《うわ》の空《そら》だった。

「しょうがない、あいつらはほっといてこっちで決めましょ」

冒険者組はほっといて商人組の子達と話し合いをすることになった。

商人組はギルドへ行ったのだが塩以外はほとんどの品物が王都の商人や大商会に売られるらしく、俺達みたいな行商人が買うのは難しいと言われたそうだ。

ただ、干物《ひもの》に関してはある程度売ってもらえる事になったみたい。

俺達も漁師さん達と話してるうちに干物も売ってもらえる事になっていた。なんでも干物は各家庭で作っているらしく、漁師さん達はある意味作り放題なので、好きなだけ持っていけと言われたほどだ。

商人組はギルドを中心に仕入れを、俺達は漁師さん達の所へ行き仕入れ諸々《もろもろ》の話をするために移動しようとしたところ、冒険者組から待ったがかかった。冒険者組は漁師さん達の所へ行きたいと言い出したのだ。クルスくんや妹ちゃんもカニを食べたそうにしていたが、ここは冒険者組に譲《ゆず》ってあげよう。


「あ～、俺もロッククラブ食べたかったな」

「美味《おい》しかったにゃ」

「またたべたいにゃ」

町を歩くクルスくんの愚痴《ぐち》に猫《ねこ》族の二人も続く。

どうやらサクヤちゃんも仲良くなれたようで四人で仲良く手を繋《つな》いでいるのだが、さすがに四人が横に並ぶと道を塞《ふさ》ぐので注意したところ、妹ちゃんとサクヤちゃんがそれぞれ猫族の二人と手を繋いで歩いていた。

「次はあれ食べようぜ！」

「良い匂いにゃ～」

「あっちもおいしそう！」

「ふにゃ～」

なんだかんだと言っていたメンバーだが、屋台の良い匂いを嗅《か》ぐとそちらに鼻をヒクヒクさせながら吸い寄せられ町を楽しんでいた。

すぐにお腹《なか》が膨《ふく》れた猫族の二人にサクヤちゃん、それにイリヤちゃんは食べ物以外の屋台を見て回っている。クルスくん、妹ちゃん、それにおじいさんは変わらず食べ続けていた。俺も適度に食べながら屋台の食べ物をアイテムボックスにしまっていった。

お昼を過ぎた頃になると皆がソワソワし始めていた。多分漁師さん達の所に行きたいのだろう。昨日もこの時間には漁から帰ってきていたので向かってもいいかもしれないな。屋台や商店を覗きながら漁師さん達の所へ向かうと、そこにはなぜか商人組の子達がすでに来ていた。

「シュウ達もやっぱり来たのね」

商人組もカニが待ちきれなかったみたいだ。砂浜にはステップホース達もいるし、もしかして全員いるのかな。

来てしまったものはしょうがない。ということで分担して作業を開始した。

漁師さんから魚を買う。

奥様方から干物を買う。

カニ狩り。

カニの調理。

買った物の整理。

作業をするのだが、やはり皆カニが気になるようで早い時間からカニパーティーとなってしまった。

興味を持ったステップホース達にも食べさせてみたのだが、あまり美味しいとは思わなかったみたいだった。代わりに海草類を食べさせたところ思いの外気に入ったみたいでこの日採ってきてもらった海草類が全《すべ》て食べられてしまった。

ロッククラブの良いところは味も然《さ》ることながら食べながら話が出来ることだ。サイズが大きく日本のカニのようにほじほじしなくていいので普通《ふつう》に会話が出来たのだ。

昨日は久しぶり（孤児院《こじいん》の仲間達は初めて）のカニに興奮していたが、さすがに今日は落ち着いて会話が出来た。

そして、仲間内での話し合いにより次の予定が決定した。

「俺は負けねぇ〜！」

「ハッハハッハッ！」

天気のよい昼下がりクイーンとクルスくんが競争をしていた。クルスくんは走って、クイーンは狼車《おおかみしゃ》を引いて。もちろん狼車には軽くなる補助魔法《まほう》を使ってある。でないとさすがにクイーンでもクルスくんには勝てないからね。

なぜ競争などしているのかといえば、俺達が熊の行商人の村に向かっているからである。走る理由にはなっていないのだが、クルスくんが暇《ひま》していたのと、今走っているのが街道から逸《そ》れた道なき草原を進んでいるからだ。

クイーンが本気で走ったら狼車が壊《こわ》れるかと思ったのだが、魔法で強化したのに加え竜《りゅう》の森の木材が想像以上に丈夫《じょうぶ》だった為に出来た芸当だ。

「ほら、クルス、しっかり走りな！」

「くい～んがんばれ～」

「頑張って……」

狼車から妹ちゃん達の声援《せいえん》が飛ぶ。

今回の旅はいつもの四人＋サクヤちゃん、おじいさんと熊の行商人、クイーンとぴーちゃん、それと新しい従魔がメンバーだ。他は港町でお留守番だ。


昨日はカニを食べながら話し合いをしたのだが、やっぱり商人ギルドは時間がかかると言われたそうだ。

また、猫族の二人も病《や》み上がりということで旅に連れていくのに少し不安が残る。それならばと少人数で熊の行商人の村に行き、帰ってくるのはどうだ？　と提案してみたのだ。最初は皆に反対されたが港町での待ち時間等を考えなんとか認めてもらえた。

「クソッ、勝てなかった」

いつの間にかクイーンとクルスくんの競争はクイーンの勝利で終わっていた。俺達の乗った狼車なのに勝てるとは……クイーン、恐《おそ》ろしい子だ。

競争後、休息を取り出発する。狼車を引くのはなぜかクルスくん。なんでも負けた罰《ばつ》なんだとか。

「うぉぉぉぉぉぉ」

魔法で軽くなってるとはいえ狼車を引いて走るとはクルスくんも強くなってるんだなぁ。と思いつつ時たまおじいさんが魔法を解除して狼車を重くし、クルスくんを鍛《きた》えているのを眺《なが》めていた。

今回少人数ということで街道ではなく最短距離《きょり》に近い所を走っている。その為途中《ためとちゅう》で狩りが出来ると期待していたのだが、出会うのが兎《うさぎ》や鳥ばかりなのでぴーちゃんと新しい鳥の従魔、シーキャットが早期発見、討伐《とうばつ》してしまい出る幕が無かった。

このシーキャット、海にたくさん飛んでいた海鳥なのだが、離れた所で行動することになったので伝書鳩《でんしょばと》代わりにしようと従魔にした鳥の魔物《まもの》である。

たくさんいるから簡単に捕《つか》まえられるだろう、そう思っていたのだが、思いの外《ほか》従魔にするのは大変だった。というのもこのシーキャット、レベルが高かったのだ。そのせいで、ただでさえ飛んでいるモンスターへの対抗《たいこう》手段の少ない俺達《おれたち》は苦戦してしまった。

そして現在良いライバルが出来たとばかりにぴーちゃんはシーキャットと狩りをしている。見た目あまり攻撃的《こうげきてき》ではないシーキャットだったが、レベルの高さとこれまでの経験でなんとかぴーちゃんと渡り合《あ》っていた。

さて、このシーキャット、なぜレベルが高いのかと考えていたところ、とあることに気付きその理由が判明した。それは猫族の二人がレベルアップしていたことだ。二人は小さいので当然ながらレベルが1や2だったのだが、カニを茹でる手伝いをしていたらいつの間にかレベルが上がっていたのだ。

カニとはいえロッククラブというモンスターなので倒せば当然経験値が貰《もら》えるのだが、カニを茹でる行為《こうい》も、戦闘《せんとう》というか攻撃？　に含《ふく》まれるとは思ってもいなかった。

森では動物や植物が、空では鳥がモンスターとして存在するのならば海（川）にも魚のモンスターがいてもおかしくない。むしろ漁師さん達のレベルの高さにもうなずける。初めて会った漁師さんの銛を構える姿が堂に入ってたのは幾度《いくど》となく魚達と戦った経験からだろう。

漁で捕れた魚達を調べてみるとやはりモンスター、魔核《コア》を持つものが数が少ないが存在していた。漁師さんに許可を取り、解体、捌《さば》いてみたのだがゴブリンのよりも小さかったのでもしかしたら漁師さん達もモンスターとは気付いていなかったのかもしれない。

そんなこんなでシーキャットのレベルの謎《なぞ》が判明したので、留守番組には出来る限りで良いので猫族の二人に手伝いをしてもらい、旅に耐《た》えられる位には鍛えておいてくれるように頼んである。なんとか10レベルになってくれれば嬉《うれ》しいのだが……。

港町を出発して数日、俺達はとある町に宿泊《しゅくはく》していた。明日からは熊《くま》の行商人の村がある山へ登ることになっていた。

この町は村から一番近い所にあり、最後の宿泊場所だ。朝から出発すれば夕方には着けるらしく、クイーンとクルスくんのおかげで馬車で行くよりも半分以下の時間で着けたみたいだ。

幸いな事に王都や港町からは遠ざかったのでクイーン達も宿に泊《と》まれたのでそれなりに満足のいく道のりだった。

明日は山道ということで今まで乗ってきた狼車はおじいさんにしまってもらい徒歩での移動となる。俺のアイテムボックスに入れてもよかったのだが、まだ収納系の物はおじいさんの魔法しか見せていないのでそちらにしまうことになった。

正直クイーンとクルスくんが大人しく登山してくれるとは思えないので少々不安でもある。

そして次の日、予想通りというかなんというか、山に入り少しした所で我慢できなくなったのかクイーンが走り出して山道を逸れて森の中に突入してしまった。

「あっ、ずるい！　俺も行ってくる！」

とクルスくんも続けて森の中へ。熊の行商人曰《いわ》くこの山はモンスターはあまり出ないそうなので心配はそんなにしなくても平気だろうとのこと。

「ピュイー」

「ミャー」

上空ではぴーちゃん達が警戒と狩りをしてくれていた。

「まったく、クルスは落ち着きが無いわね」

イリヤちゃんがクルスくんに呆れているが、よく見るとイリヤちゃんもウズウズしてる？

「おにいちゃん、あたしもいきたい！」

「（こくこく）……」

なんと、妹ちゃんにサクヤちゃんも森に行きたがっているみたいだ。そういえば最近は旅ばかりで森に行くことはなかったからな、竜の森が恋《こい》しくなったのかな？

「少し寄り道しても大丈夫ですか？」

「ああ、思ったよりも皆《みな》歩けているから少し位なら大丈夫だろ」

熊の行商人にも確認を取ったので皆で少し森を散策することにした。

「おにいちゃん、あそこ、やくそうだよ！」

「こっちにキノコがあるよ……」

旅に出てすでに一ヶ月になるが森での採取の腕は落ちていないようだ。さすがに竜の森程ではないがコツがわかるのか次々に薬草やら食べ物を見つけていく。一応魔力《まりょく》を探《さぐ》っているが気になる物は見つけられないのでモンスターはいないのかもしれない。

しばらくするとクイーンが鹿《しか》を、クルスくんが猪《いのしし》を抱えて戻《もど》ってきた。

「どっちが大きい⁉」

クルスくんは皆に聞いたが俺達の意見は一致《いっち》していた。

「「ぴーちゃん」」

いつの間にかぴーちゃんとシーキャットが鳥やウサギを山のように狩っていたのである。あまり狩りすぎると地元の人に迷惑《めいわく》をかける場合もあるし、生態系を壊すのもまずいので注意しておかないといけないな。

大量の獲物《えもの》だが、さすがに解体している時間は無いので、おじいさんにしまってもらい村へのお土産《みやげ》とした。

少し時間がかかってしまったが、気分転換《てんかん》が効いたのか進む速度がなぜか上がり、俺達は予定通り日が暮れる前に、熊の行商人の村へとたどり着くことが出来たのであった。

第9章 行商人の村

an orphanage & a gifted tamer ★★★

「ん、もしかしてガイか？　やっと帰ってきたのか！」

「おう、久しぶりだな！　皆元気にしてるか？」

村に近づくと、村の入り口にいる門番が熊の行商人とあいさつを交《か》わした。

この門番さん、それなりの年齢《ねんれい》なのだが見るからに強そうで門番ではなくどこかの兵士や騎《き》士《し》と言われても納得《なっとく》してしまいそうな人物だった。

「で、後ろの連中は客人か？」

熊の行商人と二言三言話したと思ったら門番さんはこちらに話を振《ふ》ってきた。

「ああ、俺《おれ》の客であり商売相手だよ」

「商売相手⁉」

子供ばかりの集団が商売相手と言われてもそりゃあ驚《おどろ》くよね。ただ、そろそろ中に入れてもらえないかな、狩ってきた獲物の処理が大変なんだよね。

「話はあとでするとして、悪いが村の皆を呼んできてくれないか？　見ての通り荷物が多くてな、手伝ってもらわんと暗くなっちまう」

俺達が持つ鹿に猪、それと大量の鳥を見て門番さんは村の人達を呼びに行ってくれた。

近くの家から声をかけたのか、すぐに村の人達がやって来て熊の行商人に「お帰り」と声をかけていた。熊の行商人も嬉しそうに「ただいま」を言っている。

少しすると何人もの村人が集まってきたので、早速解体の手伝いをしてもらう。いつもならここから挨拶《あいさつ》がてら宴会に突入しているのだが、時間が時間だけにすでに夕飯の仕度《したく》が済んでいるのか各家から煙《けむり》と良い匂いが漂ってきているので宴会は明日することになった。解体する獲物は鹿や猪だが、鳥は大量にあるので各家に一羽《わ》ずつ配って各々《おのおの》にやってもらうことになった。今解体して晩御飯のおかずにしてもよし、明日以降に調理するのも自由とした。

「あなた！」「お父さ～ん」

解体をしていると遠くから誰かを呼ぶ声が聞こえた。こちらに向かってくるのは……熊？ということは熊の行商人の家族かな？

「お父さん、お帰りなさい！」

「おう、元気にしてたか？」

走り寄って熊の行商人に飛び付く子熊《こぐま》。熊の行商人の子供かな？

久しぶりに会えた家族と話をすると三人でこっちに来てあいさつをしてくれた。奥《おく》さんの名前はサンさん、娘《むすめ》さんの名前はチナちゃんというらしい。

父親との再会を果たしたチナちゃんはすでに妹ちゃんに捕獲《ほかく》され村の子供達と解体を始めていた。村の子供達の年齢は幅広《はばひろ》く俺より下っぽい子もいればクルスくん達と同じ位の子もいる。また、チナちゃんみたいな獣《けもの》族もいればイリヤちゃんみたいな獣人族もいる。それに俺みたいな人族もいるのでどうやらこの村には差別は無さそうだった。

解体もある程度終わった頃、村の人達はポツリポツリと帰っていった。その時になってふと思い付いた。

「そういえば、この村って宿屋はあるの？」

そう、まだ泊まる所を決めてなかったのだ。熊の行商人に確認したところ、小さい田舎《いなか》の村なので宿屋は無いそうだ。

家に泊まれと言われたけれど、さすがに普通の家にいきなり六人泊まるのは無理だろう。

「なら、今日も俺達はテントだな」

「そうね、広場を借りれば安全でしょ」

「食事の準備もしないとね」

寝床《ねどこ》については昨日までと同じなのですぐに行動する。後は広場の使用許可なのだが熊の行商人に聞いてみたところ「勝手に好きなだけ使え！」と言われてしまった。村長に確認しなくて良いのかと聞いたらなんと熊の行商人が村長だったので驚きである。

というか村長が何ヶ月も行商に行ってていいのか⁉

翌朝、ご飯の仕度をしようとしたら熊の行商人……村長さん家《ち》から朝ごはんにお招きされた。せっかくなのでお邪魔《じゃま》するとすでに出来立ての朝ごはんが用意されていた。

昨日の残りのお肉とキノコのスープに焼きたてのパンだ。やっぱり焼きたてのパンは美味しいな。

朝ごはんを食べ終えると早速おじいさんはハチミツ酒作りをお願いしていた。俺とおじいさんはハチミツを持っているのでここに残って話をするのだが、その間妹ちゃん達は暇になるのでチナちゃんに村の案内をお願いしてみた。チナちゃんも妹ちゃんとサクヤちゃんとお話ししたかったのかご飯のときからソワソワしていたので喜んで案内をしてくれるみたいだ。


さて、早速《さっそく》ハチミツ酒作りをお願いしたのだが、

「えっと、ごめんなさい。さすがに一人ではこんなに作れないわ」

と奥さんに断られてしまった。というか、おじいさんが出したハチミツの量が多くなっている気がするのだがどういうことだ？　これはあとで聞くとして、今はハチミツ酒のことか。

「他《ほか》の人に手伝ってもらったりは出来ないんですか？」

他に手はないかと聞いてみたら、出来なくもないが、作る人によって味が変わるから希望通りのハチミツ酒が作れるかわからないと言われてしまった。となると少しずつでも作ってもらうのが一番良いのかな？

「確か氷の魔《ま》道具《どうぐ》を持っておったな？　すまんが貸してくれんか？」

おじいさんが俺に魔道具を貸してくれと言ってきたので鞄《かばん》から出す振りをしてアイテムボックスから取りだし、渡した。お酒なら長持ちすると思うけど、氷で冷やせれば腐《くさ》る確率も減るだろう。

しかし、予想よりも蜂蜜酒が少なくなりそうでおじいさんはがっかりしているみたいだ。

「そうだ、うちの村に他の酒もあるんだが、呑《の》んでみるか？」

そんなおじいさんを不憫《ふびん》に思ったのか熊の行商人が新たな酒を提案してきた。さすがにまだ昼にもなってないのにお酒を呑むのはどうかと思うが、まぁ今日出発するわけではないのでいいのかな？

「おまたせ、これがうちの村で作ってる乳酒《にゅうしゅ》だ」

熊の行商人が持ってきたのは白く濁《にご》ったお酒だった。

「あんまし強くないから子供でも飲める。これを飲むと健康にも良いみたいで、風邪《かぜ》をひかなくなるぞ」

健康に良い白い液体？　なんだか乳酸菌《にゅうさんきん》飲料みたいな感じだな。ところで乳酒ってことだけどなんの乳なんだろう？

アルコール度数が低く子供でもOKとのことなので俺を含め皆で味見。飲んでみると某《ぼう》「初恋《はつこい》の味」に近い気がする。これはこれで美味しいので欲《ほ》しいなぁ。おじいさんも気に入ったみたいだ。

「おにいちゃん、どうぶつさんがいっぱいだよ！」

皆で乳酒を飲みながら作成計画を話し合っていると妹ちゃん達が戻ってきた。そういえばもうお昼の時間だ。奥さんは急いでお昼ご飯の仕度を始め、俺達は妹ちゃん達の話を聞くことになった。

なんでもこの村は畜産《ちくさん》で生計を立てていて、山羊《やぎ》や羊を村で飼っているらしい。どうやら乳酒は山羊のお乳を使っているみたいだ。また、馬も飼育しているようでなかなか質の高い馬が自慢《じまん》とのこと。

この村には獣族や獣人族が多いので動物達を育てるのが得意なのかもしれないな。

ちなみにこの村には人族もいてその人達は熊の行商人の冒険者《ぼうけんしゃ》時代の知り合いらしく、ベテラン冒険者だったその腕で猟師《りょうし》をしているみたいだ。もちろん門の所にいた人みたいに自警団のようなこともやっているとのこと。どうやらこの村は良い村みたいだ。

お昼を簡単にスープとパンで済ませた俺は妹ちゃん達の案内で動物達を見に行くことになった。

おじいさんは熊の行商人や奥さんと村の中でお酒を作ってくれる人を捜しに行くみたい。作る人によって味が変わるのでそれはそれで楽しみみたいだ。

牧場は村外れにあり、そこに村の人達がそれぞれ飼っている動物がまとめている。動物の管理も順番にやるらしく毎日世話をしないので負担が少なく村人も余裕《よゆう》があるようだ。ただ、好きな人は毎日来ているので順番の意味がないとも言っていた。

「おぉ～、すごいたくさんいるね」

フレイの町にも山羊くらいはいる。何《なに》を隠そう俺や妹ちゃんは山羊のお乳を飲んで育ったくらいだからね。ただ、基本的に山羊のお乳は高いのでほとんどは院長先生が知り合いのお母さんに分けてもらったお乳を飲んでいたらしいけれど……。

「おにいちゃん、あのこたちすごいもこもこだよ！」

あぁ、あれが昨日言っていた羊かぁ。基本的にはこっちの動物は俺が知ってるのとほとんど同じみたいだから少し懐《なつ》かしい気がする。

にしても、妹ちゃんのこの興奮の仕方、もしかして羊を見たことがなかったっけ？　……そういえばフレイの町でも山羊すら見てないか？　いるのは知ってたけど。他の町や村でもあまり出歩かなかったし、見る機会が無かったたか……。

「あれで作る洋服は暖かいんだよ」

うん、うちの牧場でも羊が欲しくなってきたな。羊のモンスターを従魔にするのも良いかもしれないけど、そんなモンスターいるのかな？　動物からモンスターになることがあるからどこかにはいると思うんだけどなぁ。

それに、コボルト達も仕事に慣れてきたみたいなので新しい動物が増えてもきっと大丈夫《だいじょうぶ》だろう。

「おにいちゃん、あのこたちさわっちゃだめ？」

よっぽど気に入ったのか羊達と触《ふ》れ合いたいと妹ちゃんが言ってきた。さすがにチナちゃんに許可は貰えないだろうし、誰かいないか探すしかないかな？

「あのね、あっちに小屋があるから聞いてあげる！」

と思っていたらチナちゃんが人がいるところがわかると言って俺達を連れていってくれた。そのままそこにいた人に話をしてくれて動物達と触れ合うことが出来た。皆ミルホーンやビッグコッコの世話で慣れているのか動物達もストレスを感じてない様子だったので一安心だ。

「あの〜、ここの毛って買うことは出来ますか？」

ついでとばかりに羊毛の入手に挑戦《ちょうせん》する。

「おう、金さえもらえれば売れるぞ。ただまぁ、時期によっては売れないこともあるけどな」

おお、買えるのか。多分この村の収入源の一つだろうから難しいかと思ってたのに拍子抜《ひょうしぬ》けだ。多分普段《ふだん》売っている所への義理やそもそもの生産量、それに、冬場はさすがに毛は刈《か》れないだろうからその辺りは話し合いをしないとな。

その後も羊や山羊、馬と遊んだ後は宴会である。

村の人が何人か昼から料理をしてくれていたのでいつもの肉を焼いただけとは違《ちが》う品揃《しなぞろ》えだった。

おじいさんは各家庭のお酒を呑み比《くら》べて上機嫌《じょうきげん》になっている。

クイーンもいつの間にか肉の塊《かたまり》を焼いてもらっていたらしく美味しそうに食べていた。

俺達は村の子供を中心に竜の森の果物をこっそり食べてとても楽しい宴会となった。

「おにいちゃん、あのね、ちなちゃんともりにいってもいい？」

朝ご飯を食べ、行動を開始しようとしたところ妹ちゃんからのお願いがあった。どうやらチナちゃんと森で採取をしたいみたいだ。もともとチナちゃん達、村の子供達は村のすぐそばで採取をしていたらしく、その話をしたら妹ちゃんも行きたくなったらしい。

「私達も行くつもりだから安心して」

「俺もクイーンと狩りしてくるから！」

イリヤちゃんが妹ちゃん達と一緒《いっしょ》についで行ってくれるみたいだ。それに、クルスくんとクイーンも一応一緒に行くのかな？　もしかするとぴーちゃん達も行きたがるかもしれないから確認《かくにん》しよう。

「皆がいるから大丈夫かな？」

「この辺りはモンスターもほとんど出ないみたいだし大丈夫よ」

この村の近く、というかこの山にはほとんどモンスターが出ないらしい。危険なのは猪や熊あたりの動物で狼はいないようなので危険性は低いみたいだ。クイーンが周辺で狩りをしてくれれば安全性も増すだろう。

ということで、妹ちゃん、サクヤちゃん、イリヤちゃん、クルスくん、クイーンにぴーちゃん、それとシーキャット、チナちゃんに村の子供達は森へ採取に行くことになった。うちの従魔が護衛につくと知り、他の子供達もついでとばかりに参加することになったのでそれなりの集団になってしまった。村の人も何人かついて来てくれることになったので採取と狩りは期待できるかもしれないな。

さて、皆が採取に出掛《でか》けたので俺も仕事をすることにする。今日は冷蔵庫、いや、冷蔵室？を作る予定だ。お酒を作ってもらう話をして保存に氷の魔道具を使うということになったが、さすがに冷蔵庫では小さいと思いどこかの部屋を冷蔵室にしようと思ったのだ。

ただ、まだ熊の行商人に話をしていないので、空いてる家もしくは空いてる部屋を確認するところから始めないといけないのだが。

「さすがに余ってる家は無いな」

早速熊《さつそくくま》の行商人、もとい村長さんに聞いてみたが、空いている家も余っている部屋も無いらしい。

となると次に出来そうなのは小屋を建てるか魔法でかまくらのような物を作るか、かなぁ？

「じゃあどこか使っても良い土地とかありますか？」

「土地？　村の外れなら問題無いが何に使うんだ？」

俺は村長さんに新しく作ることを提案し了承《りようしよう》を貰えた。魔法で作るかまくらならまだしも小屋は一日では作れないので魔道具さえあれば村の者で作るとも言われた。アイテムボックスの中に小屋はいくつか入っているのだが、さすがに出すのはまずいかな？　それに、小屋だと木材も必要になるし魔法で作るのが手っ取り早いか？

とにもかくにもまずは村を回ってみようかな、結局昨日は羊達《たち》との触れ合いで終わったからね。

村をスタスタ歩き回ると牧場の端《はし》が切り立った崖《がけ》で壁《かべ》になっていることに気付いた。これならここを掘《ほ》って氷室《ひむろ》のようにすれば良いんじゃないかと思い付いた。

近づいてみると壁は土で出来ているので魔法でなんとか出来そうな気がする。ということで、まずは実験。『地魔法』で落とし穴を掘る要領で横穴を開けていく。そのときに穴の壁となる部分を固め、崩《くず》れないように補強する。多少の魔力消費はあるが穴を広げてその分の土を固めるだけなので思ったよりも上手《うま》くいった気がする。一メートル程作ってみたが、このまま作れそうなので許可を貰いに行こう。


熊の行商人の家に着くとおじいさんと二人、正座をしてサンさんに叱《しか》られているところに出くわしてしまった。まったく、何をしているのやら……。

「それじゃあ、崖に穴を掘ってるの？」

「はい。といってもまだ許可も貰ってないので掘れるか確認するところからですけど」

俺は崖に氷室を作るため、サンさんに許可を貰おうとしていた。

「そんな倉庫が出来れば便利で良いわね。作るなら牧場の端で大丈夫だと思うけど、崖崩《がけくず》れには気を付けるのよ？」

「はい！　ありがとうございます！」

無事に許可を貰えたので早速《さっそく》作業を始めよう！

と思ったところでおじいさん達から声がかかった。

「のう、シュウよ、一人では大変じゃろ？　わしも手伝ってやろう！」

「それに村人に説明するのも大変だろうから村長の私も手伝おう！」

あきらかに普段と違う言葉を発する二人。まぁ、これ以上サンさんに怒《おこ》られたくないから逃《に》げるダシに使われようとしているのだろうが、そんなことサンさんが許すはずもなく、

「手伝いなら他の村人に頼みます。あなた達はまだお話の途中《とちゅう》ですよ？」

と笑顔《えがお》で語りかけていた。笑顔の裏に隠《かく》された黒いオーラが怖《こわ》くなり「では行ってきます！」

と俺は駆《か》け出《だ》したのだった。


目的地に着くと、そこには子羊に子山羊《こやぎ》がここは自分達のものだとばかりに穴を占領《せんりょう》していた。

「これからここで仕事をするからどいてくれない？」

「メェ！」「メェェ！」「メェ！　メェ！」

こちらの言葉が通じるのか、子羊達は首を横に振りイヤイヤしている。

「しょうがない、別の所を掘るか」

俺は少し離《はな》れた所に行き、穴を開け始めた。一度やったことなので少しは慣れたのか前回よりも早く穴を開けることが出来た。その後も崖崩れを起こさないように穴の壁を固く作りながら進み、六畳間程の大きさの部屋を作り出した。

「こんな所で何をしてるんだ？」

一部屋作り休憩《きゅうけい》していると牧場当番の村人がこちらに気付き近付いてきた。

「えっと、保存庫を作ってるんです。氷を入れておけば夏でも涼《すず》しいはずなんですけど……」

「そういえばさっきサンさんが言ってたな、これのことか」

一応崖崩れが怖いので近付かないように伝え、子羊達が穴を占拠《せんきょ》していることも伝えておいた。村人は申し訳ないと謝《あやま》ってきたが試《ため》しに作ったちょっとした穴なので気にしなくていいと言っておいた。

村人と別れてから崖崩れに気を付けて夕方までにもう一つ、合わせて二部屋、氷室を作ることが出来た。

テントに戻ると村人達に氷室のことが伝わり少し話題になっていた。というのも十歳《さい》に満たない俺が魔法で崖を削《けず》っていたからだ。すっかり忘れていたが俺はまだ子供なのでこんなに魔法が使えるのはおかしいのだろう。

とりあえずおじいさんの弟子《でし》だからと誤魔化《ごまか》してみたところ、思いの外《ほか》すんなりと村人達はその言葉を信じてしまった。

獣族・獣人族の村人は種族柄《がら》、魔法《まほう》には疎《うと》いので高ランクの冒険者の弟子だからということで「へぇ～、そういうもんかぁ～」と。

元冒険者の村人はおじいさんのただならぬ雰囲気《ふんいき》を感じ取り「あの人の弟子ならば」と。

なんとか誤魔化せた俺は村人達に氷室の使い方を教え、氷の魔道具はあるので扉《とびら》や崩落《ほうらく》防止用の柱などを作ってくれるようにお願いしておいた。

そして辺りが暗くなる頃、森から子供達が沢山《たくさん》の獲物と山盛りの森の幸《さち》を抱《かか》えて戻ってきたのだった。


帰ってきた子供達は皆笑顔《みなえがお》だった。普段は森に少ししかいられないので採取出来る量は少ないのだが、今日は護衛がいたので獲物も多く喜ばないわけがない。

「いっぱい採れたの～」

「これ、私が採ったんだよ！」

「えへへ、今日俺、兎《うさぎ》仕留めたんだぜ！」

どうやらクイーンが子供達に狩《か》りの練習もさせたみたいだ。子供達にはまだ危ないから注意した方がいいかな？　まぁ、兎ならば怪我《けが》する可能性は低いか……。

村の入り口まで迎《むか》えに来た親に興奮して話す子供達だが一人の子供から「ぐ～っ」とお腹の

鳴る音が聞こえると周りからも合唱するように音が聞こえ、「お腹すいた！」とそれぞれの家に帰っていった。

チナちゃんも例に漏《も》れずお腹を空《す》かせていたのでお家に帰っていった。俺達もその後を付いていく。サンさんが俺達の分の食事を作ってくれていたのだ。さすがにクイーン達の分は無理なので外で肉を焼いてあげる。サンさんが作ってくれたのはスープにパンなのでちょっとしたバーベキューのようだ。

食事の最中、熊の行商人に氷室のことを話しておく。大まかな形は作ったがドアや柱は作ってもらわないといけないからだ。さすがに昼間怒られていたので呑《の》むことは無いと思いたいが早めに伝えておく。

「あのね、きょうさくやちゃんとちなちゃんとたくさんやくそうとったんだよ！」

おじいさんに話し終えたとたん、妹ちゃんが今日の出来事を楽しそうに話してきた。よほど楽しかったのかサクヤちゃんも話してくれていた。

チナちゃんは一生懸命《いっしょうけんめい》サンさんに話しかけている。おじいさんと熊の行商人は少し寂《さび》しそうに話を聞いていた。

次の日は妹ちゃん達の戦利品の整理をした。薬草、キノコ、木の実と採取した品物は豊富だし、相変わらずクイーン達は獲物を狩りすぎだった。男の子達は村の人たちから解体の練習をするそうで村から少し離れた所へ向かった。

女の子達は奥様方《おくさまがた》や熊の行商人指導のもと食べられる物や売れる物の仕分け作業である。ちなみに俺は男だけどこちらにいる。採取した物を見て場合によっては買うつもりだからだ。一応商業ギルド証を持ってるからね。

採取してきた物は全体的に見ても竜の森では見かけない物が多かった。やはり竜の森と随分《ずいぶん》離《はな》れているので植生が違うのだろう。

薬草にしろキノコにしろ木の実にしろ乾燥《かんそう》させれば長持ちするので少しずつではあるが買わせてもらった。どのくらい効力があるかはわからないが、薬屋のおじさんや錬金術師《れんきんじゅつし》のおばあさんへのお土産も含め薬草は多めに。

相場がわからないのでその辺りは熊の行商人と相談して決めた。まぁ、元々自分達で食べるような物ばかりなのでそんなに高くはなかった。それと薬草は冒険者ギルドの報酬《ほうしゅう》と同じくらいの金額となった。その辺りは元冒険者がたくさんいるので相場はバッチリである。

そして、その売上は子供達に渡《わた》されることとなった。金額もそれほど高くないし、子供達の人数で割ればそれこそ少額ではあるが、自分達で稼《かせ》いだお金である。渡したときは皆嬉《みなうれ》しそうにしていた。昔は家の手伝いをしてお小遣《こづか》いを貰ったら駄菓子屋《だがしや》に駆け込んだもんだ。

この世界は家の手伝いは当たり前にやることだからお小遣い等存在しないので、こういうお小遣いは珍《めずら》しいんだろうなぁ。

この世界には駄菓子屋なんか存在しないから、もし次来ることがあったら竜の森のドライフルーツでも持ってきてあげようかな。


次の日俺達は村を出ることになった。さすがに何日も居続けることは出来ないし、そもそもここに来たのはハチミツ酒の依頼《いらい》のためだ。

その依頼もなんだかんだでいつの間にか終わっていたらしい。ハチミツは長持ちするので作れるだけ作ってもらい、出来上がったハチミツ酒は数ヶ月後に取りに来ることになった。また、村の住人がフレイの町に来たときに状況《じょうきょう》を教えてくれるらしい。村の住人と言ったのは実は熊の行商人は専属の商人ではなく元冒険者が交替《こうたい》で行商していて、たまたま順番で来ていたのだそうだ。確かに村長が年中行商しているのはまずいよな。熊の行商人含め元冒険者の皆さんはそれなりに高ランクだったので交替で出来るが普通なら無理だろうな。

村の入り口ではお別れのために村人達が集まってくれていた。

おじいさんの所には大人達が、妹ちゃん達の所には村の子供達が集まりお別れをしていた。

「ハチミツ酒、楽しみにしておるぞ」

「良い酒があったら教えてやるよ」

「また来たときは一緒に呑もうな」

「またあそびにくるね！」

「また来るね……」

「絶対また来てね！」

「また森で冒険《ぼうけん》しような！」

うん、皆別れとはいえ悲しみはなく、次会えるのを楽しみにしている。

「クゥ～ン」

「ピュイ？」

「ミャア」

そして、俺の回りには従魔しかいなかった。確かにこの村では一人で行動することが多かったが、これはちょっと寂しいな……。

「メェ」

「メエェ」

そう思っていると、どうやって抜《ぬ》け出してきたのかはわからないが子羊や子山羊が駆けつけてきた。そのまま俺に近づくと頭を擦《す》り付《つ》けてきた。

「お前ら見送りに来たのか？」

「メェ！」「メェ！　メェ！」

きっと、氷室作りの休憩時、気分転換に占拠された穴にちょっとした屋根なんかを作ったのを気に入ってくれたのかな？

お別れということでアイテムボックスからこっそりと竜の森産の薬草やら餌《えさ》を与《あた》えてみた。

子羊達は美味《おい》しそうに食べ始めた。そんなことをしていると妹ちゃんがこちらに気付き、

「おにいちゃん、ずるい～」

と皆を連れて集まり大騒《おおさわ》ぎのお別れとなった。

いつまでもこうしているわけにもいかず、予定よりも遅《おそ》くなったが俺達は村を出発した。シーキャットが新しくいるが、いつものメンバーになんとなく皆嬉しそうに歩いている。本当なら少し採取しながら進みたかったが、さすがに帰りが遅くなるので我慢《がまん》することに。いや、むしろ少し小走りで帰っていた。

「ふむ、この面子《めんつ》ならば問題無いじゃろ」

小走りで山を降りもうすぐ下山完了《かんりょう》後というところでおじいさんが皆を集めた。そして、一言つぶやくと久しぶりに皆を魔法《まほう》で飛ばせたのだった。

「あ～、これは楽ですね」

「おじいちゃん、すごい！」

「あ、ありがとう……」

俺達は比較的《ひかくてき》楽が出来るので好意的だったが、クルスくんとクイーンは未《いま》だに空の旅は苦手のようで尻尾《しっぽ》を巻いて震《ふる》えていた。

横を見るとぴーちゃんが嬉しそうに飛び、シーキャットも並んでいた。

「あっ、あれ、港じゃない？」

空を飛ぶこと数時間、遠くに海が見え始めたと思ったらあっという間に港町も見えてきた。

「何日もかけて行ったのに帰りはすぐ着いちゃうわね」

「そうだね、おじいさんに感謝だね。クルスくんとクイーンが平気ならもっと飛べたかも知れないけどね」

妹ちゃんは喜んでいたが、結局今回もクルスくんとクイーンはずっと震えたままだった。さすがに町にそのまま降りるわけにもいかないので人目につかない所に降り立ち、クイーンが回復するのを待ってから狼車《おおかみしゃ》で出発した。


町に着き、まだ昼過ぎなので皆がいるであろう漁師さんの所へ向かう。そこでは皆が干物作《ひものづく》りやカニの処理をしていた。だが、予想外のことも起きていた。そこには居残り組を含めおそらく三十人以上の人が作業をしていたのだった。

「なぁ、なんか人数多くねぇか？」

「そうね、あきらかに多いわね」

「それに仕事してるの子供ばっかりだよ？」

最初は漁師さんの奥さん達が手伝ってくれていると思ったのだが、よくよく見るとそのほとんどは子供達だった。それも犬や熊、羊にリス？　鳥もいるのか？　様々な種類の獣族・獣人族ばかりだった。

「おっ、帰ってきたのか」

「お姉ちゃんにゃ！」

「おかえりにゃ！」

そんな彼《かれ》らを眺《なが》めていると冒険者組と猫《ねこ》姉妹が俺達《おれたち》を見つけ近寄ってきた。

「ただいまー！」

「た、ただいま……」

「今さっき帰ったところだよ。で、あいつらはなんなんだ？」

猫姉妹と妹ちゃん、サクヤちゃんが抱《だ》き合《あ》ってる横で、クルスくんが気になるあの子供達のことを聞いた。

「あ〜、あの子等《ら》はあの二人と同じだよ」

話を聞くと、どうやらあの子達も孤児《こじ》のようで浜辺《はまべ》で作業をし食事の準備をしていると、どこからともなく現れてこっちを見ていたらしい。そして、それに気付いた猫姉妹が連れてきたらしい。

彼らは猫姉妹と同じように船でこの町にやって来たが病気であったり海賊《かいぞく》に襲《おそ》われたり色々な理由で孤児となってしまったそうだ。猫姉妹とは彼女達《かのじょたち》が孤児になったときに寝床を教えてあげたことで知り合ったらしい。

「にしても、なんで人族がいないんだろう？」

そう、ここにいるのはなぜか獣族・獣人族だけで人族は一人もいなかった。

「それは人族がこの町の孤児院にいるからだな。俺達も最初気になって調べたんだけど、この町の孤児院は人族は迎えるけどそれ以外は受け付けてないいんだとよ」

「なんだそれ！　ふざけてるな！」

「町全体は差別は無さそうだけど、そういうところは差別があるんだね」

「で、さすがに可哀想《かわいそう》だから仕事を手伝って貰《もら》ってご飯をあげてるんだよ」

「でも、いつまでも続けるわけじゃないし、これからどうするの？」

「そこは今商人組が頑張《がんば》ってるよ」

姿が見えないと思っていた商人組は今商業ギルドで交渉《こうしょう》しているらしい。何の交渉かと聞いたらこの辺り、町の外れの土地を購入《こうにゅう》する為に話をしているとのこと。

「こんな所の土地なんか買ってどうすんだ？」

クルスくんからの当然の疑問。

「クルス、俺達が住んでるのはどこだ？　そして、ここにいるのは誰《だれ》だ？」

「ん？　住んでるのはシリウス孤児院でここにいるのは孤児か？」

「そうだ！　なら俺達がするのはなんだ？」

「……なんだ？」

「バカねぇ、あの子達のために孤児院を作るつもりなのよ。さすがにこの人数はシリウス孤児院には連れていけないでしょうからね」

「あぁ、勝手に決めて悪いが孤児院、最低でも住む所は作ってやりたいと思ってる」

確かにここまで面倒《めんどう》みていて見捨てるのは無いよね。でも人数が多いし幼い子もいるからシリウス孤児院に連れて帰るのは難しい。確かに孤児院を作るのは良い考えかもしれないな。それに、そのまま魚介類《ぎょかいるい》の加工をお願いすれば仕事にも困らないだろうしね。

「そうだ、もしかしたらお前にもギルドに行ってもらうかもしれないから覚えておいてくれ」

冒険者組からの説明に俺は納得した。土地を買うということはお金が必要で、ほとんどのお金は俺が持っているので俺が行かないといけないのだ。もちろん商人組にもお金は渡しているが、さすがに土地を買えるほどは渡していない。というか、孤児院をやるとなると、建物に維《い》持費《じひ》に管理する人間と課題は山積みだけど、その辺りは考えてあるのかな？

「お～い！」

噂《うわさ》をすればなんとやら、どうやら商人組が帰ってきたようだ。

「お帰り！」

「そっちこそ、お帰り！」

挨拶を済ませ、孤児院について聞いてみる。

「そうそう、相談することがたくさんあるんだよ。でもその前にご飯にしましょ」

そういえばそろそろ良い時間だ、久しぶりに海鮮《かいせん》料理が食べたいな。

さすがに人数が多いので食事は海鮮スープにパンと簡単な物だが、具だくさんで量も多いので俺達も子供達も美味しく食べることが出来た。


「それじゃあ何にも考えてないの？」

「だって、この子達を何とかしなきゃって思ったんだもの、考えるのは後でも出来るでしょ？」

食事をしながら話を聞いてみたが、孤児院の計画は見切り発車だったようだ。商業ギルドに土地を買いに行ったのもとりあえず衣食住を何とかするために行っただけらしかった。

「でも、シュウ達が帰ってきてくれたから相談できるわね」

まず、俺達の共通認識《にんしき》は子供達を助ける。これは一致《いっち》していた。自分達も孤児だろう、と聞こえてきそうだが、少しは稼げているのできっとなんとかなる！

商業ギルドで聞いた土地についてだが町から遠いこの辺りなら安く買えるみたいだ。町から遠く不便だし、海のすぐそばで塩害とかもありそうだし、町の外と分ける壁なんかも無いので色々と不安が残るがその辺りも考えないといけないな。

その後も確認を含《ふく》めて話し合いを続けた。

衣、まぁ服は今着ているものを使ってもらって、足りない分は毛皮で代用かな？　子供達の中で裁縫《さいほう》が出来る子がいれば新しく服を作ることも出来るんだけどな。

食、とりあえず食べるものはある。漁師さん達も安く売ってくれるらしく魚介類は問題ない。しかし、魚は手に入るが肉や野菜が不足するので栄養面で少し心配だ。町から離れた所に森があるのでそこで肉や野菜を手に入れられれば良いのだが……。

そして住。これが一番の問題だろう。土地の目処《めど》はなんとかつきそうだが、さすがに建物はすぐには建てられない。まぁ、アイテムボックスに小屋くらいはあるのだが、さすがに全《すべ》ての子供達が暮らせるわけではない。幸いテントはまだあるので小屋とテントと馬車を使えば雨風を凌《しの》ぐくらいは出来るかな？

「それで、孤児院って勝手に出来るのか？」

冒険者組から聞いたのは孤児院を作るということだ。シリウス孤児院やこの町の孤児院は領主が経営に関《かか》わっているので個人が孤児院を出来るのかわからなかった。

「一応ギルドでも聞いてみたけどわからないって言われちゃったわ。孤児院ならすでにあるともね」

確かにすでに孤児院があるのに孤児院を作ったら、領主に喧嘩《けんか》を売るようなものなのか？

「なら皆《みな》働いてもらえば？　孤児院だとしても干物作りをやってもらうつもりだったんだし従業員にしちゃえば？」

孤児院ではなくお店を作る。俺《おれ》はそう提案した。子供達は住み込みで働く丁稚《でっち》奉公《ぼうこう》みたいな感じにすればいい。元々ここに魚を買いに来たいと思っていたし、窓口があればこれからの商売にもきっと役立つだろう。

クラン名がそもそも『シリウス孤児院』なのだ、お店を作ったとしても商会名は『シリウス孤児院』になるのだから問題ないだろう。

さて、とりあえずは出来ることから解決していこう。まず、大半の子供達、彼らにはこれまで通り干物作りをしてもらう。分担すれば小さい子でも出来ることはあるからね。

次に子供達の中でも年上の子達にはクルスくんとクイーン、おじいさんと一緒にレベル上げに行ってもらう。この辺りのモンスターがどれくらいの数いるのか、どれくらいの強さなのかはわからないがレベル10を目指して頑張ってもらいたい。そうすれば力仕事も子供達の護衛としてもなんとか出来るだろう。子供達の数によっては冒険者組に護衛として手伝ってもらおう。

そして俺は冒険者組と家作りかな？　本格的なものは材料も人手も無いから無理だけど簡易

小屋位の材料はあるし冒険者組に手伝ってもらえればなんとかなるだろう。

ならば先《ま》ずは商人組と土地を買いに行こうかな。


「あら？　昨日ぶりですね」

商業ギルドへ行くと前日商人組を担当してくれたらしい人から声をかけられた。一度話したことがあるなら話はスムーズだろうからこの人に話を持っていく。

「ではこの町に支店を？」

「支店というより拠点《きょてん》の一つと考えて下さい。そもそもお店も持たない行商人ですから」

「土地建物を持つのに行商というのもおかしな話なのですが……」

商業ギルドの人に孤児院《こじいん》兼商会を作りたいと話したのだが、不審《ふしん》に思われたようだ。確かに土地や建物を用意するお金があるのならどこかの町でお店を開くのが普通《ふつう》だろう。ましてやこの世界にはモンスターや盗賊《とうぞく》が普通にいるのだ、旅をするには危険すぎる。

しかし、目当ては孤児院なのでなんとか頼《たの》み込み土地を買うことが出来た。しかも、漁師さん達が口添《くちぞ》えしてくれていたおかげでほんの少し割り引いてもらえた。土地は町から少し離れた森に近い所だ。狩りもするし漁師さん達の所も近いのでわりと良い立地だと思う。

「では、その子供達をギルドに登録させますか？」

問題となるのは身分だ。孤児院でも小さな子供は身分証を持っていない。成人すれば税金を払《はら》い身分証を貰えるのだが、ここにいるのはほぼ未成年。身分証など持っていないだろう。いや、旅に出られるなら持ってるのか？　親がいないので確認は難しいかもしれないが後で確認しなければ。

その点、商業ギルドならば未成年でも身分証が発行される。現に俺達も持っているからね。シリウス孤児院から何人かここに来てもらうつもりではいるが、年長組にはギルド証を用意しておいた方が良いだろう。

「はい、何人登録するかはまだわからないんですがその時は宜《よろ》しくお願いします」

ギルドの人も始めは少し疑うというか怪《あや》しんでいたが、塩を買ったりモンスターの素材やポーションを売っていたりしたことで支店というか拠点の許可も下りた。こちらとしても商業ギルドと繋《つな》がりが出来るのはありがたいので今後もポーションは頑張って売ろう。


手続きを終えた俺達は浜辺へ戻《もど》った。そこでは子供達が一生懸命に干物《ひもの》を作っていた。漁師さんの奥《おく》さん達も子供達に魚のさばき方を教えたりしてくれてとても協力的だった。どうやら漁師さん達も孤児のことが気になっていたようで俺達に協力してくれるみたいだった。

ただ、さばき方を教えてくれている奥さん達が『料理』スキルではなく『解体』スキル持ちなのが気になるところだ。

さて、建物を作るわけだが何が必要だ？

まずは家。住む所だな。一応テントや小屋があるのでそこまで急がなくていいかな？

次に馬小屋かな？　ステップホース達が住む所も必要だろう。アイテムボックスに簡易馬小屋があるのでこちらもとりあえずは大丈夫だけどちゃんとしたのを作ってあげたい。ちなみに簡易馬小屋は野営のときに使おうと思って持ってきたのだが結局使えなかったやつだ。

後は水場かなぁ？　海のそばなので水が必要なのだが、買った土地が川から離れているので魔《ま》道具込みで水道、風呂《ふろ》、シャワーなんかが欲しい。

「この中で考えるとやっぱりシャワーかな？」

海のすぐそばということで潮風がすごいのだ。一日外にいると髪《かみ》の毛《け》がゴワゴワしてくる。子供達も獣人《じゅうじん》族はまだましだが、獣族、それも毛皮の子は身体《からだ》が凄《すご》いことになってしまっていた。その為シャワーが欲しい。冬場は寒いので出来ればお風呂も。未だに温水を出す魔道具が作れていないのが悔《く》やまれる……。

材料はあるので砂浜《すなはま》から離れた所で湯船やシャワーを『地魔法』で作っていく。一度作ったことがあるので順調に作業は進む。そして、出来上がった水を出す魔道具、湯船と湯沸《ゆわ》かし魔道具、簡易シャワーをアイテムボックスにしまい俺は漁師さん達の所に戻った。

「すみません、ここに水場を作りたいんですけど大丈夫ですか？」

「あん？　構わねぇが井戸《いど》でも掘るのか？　この辺りで掘っても塩水しか出ないぞ？」

まぁ、水場といったら普通は井戸だよね。魔道具で水場を作ると言ったら驚《おどろ》かれたが、漁師さん達も使っていいと言ったら大変喜ばれた。

「けどよ、使わせてくれるのはありがたいが魔核《コア》は大丈夫なのか？」

魔道具はモンスターの体内にある魔核《コア》をエネルギーに使い発動する。使い捨ての電池のような物なので魔道具を使うにはそれなりの量が必要となるのだが、魔核《コア》はモンスターの体内にあるためにそれなりに貴重品だ。しかも、強いモンスターほど上質な魔核《コア》になるため比較的安い魔核《コア》だと、それなりの数が必要となりお金がかかるのだ。

「それについてちょっとお願いがあるんですが……」

俺は漁師さんに魔核《コア》を提供してほしいとお願いした。

海には普通の魚以外にモンスターの魚も存在する。それは当然漁師さんもわかっていて手に入れたモンスターの魔核《コア》を売り小遣いにしていると聞いている。ただ、取れる魔核《コア》はゴブリンと同じくらいの大きさなのでたいした金額にはならないと言っていたが……。

しかし、それでも収入の一部でありそれを提供してくれと言うと渋《しぶ》い顔をされてしまった。

だが、俺が欲《ほ》しいのはもっと小さい、普段捨てられている物だ。

論より証拠《しょうこ》と、捨てられていた内臓から小さな、ゴブリンの魔核《コア》が小指の先位ならこれは米《こめ》粒程《つぶほど》の小さな魔核《コア》を取り出した。

「こんなのがあったのか⁉　気づかなかった……」

普段捨てている物から魔核《コア》が出てきたことに驚いたが漁師さんはこれなら問題ないと言ってくれた。これで水場は完成するだろう。

後に『孤児院浴場』として町で人気となるのだがそれはまだ先の話であった。

さて、水場が完成したので次は建物だ。さすがに二階建てや部屋をいくつも作るのは時間も材料も人手も無いので諦《あきら》めるしかない。とりあえずは雨風を凌げる建物を作っていこう。

建物を作る材料は基本的に竜《りゅう》の森で取れた木材を使う。というのも熊《くま》の行商人の村で屋根を作ったのだが、そのときに村人から俺が使っている木材が丈夫《じょうぶ》すぎると言われたのだ。最初はわからなかったのだが、村の家を見返してみると確かに木の密度？　が違い堅《かた》いのだが、かといってその分重いのかと言われれば家の木とそう変わらないように感じ、上質な木だというのを理解できた。

そんなわけで竜の森の木材を使うのだが、アイテムボックスの中にある木材はそこまで大量にあるわけではないので場合によっては近くの森に伐採《ばっさい》に行かなければならないかもしれない。

設計図など無い簡単な建物なので準備は簡単だ。離れた所に漁師さんや奥さん達がいるが魔法の鞄《かばん》があると言ってあるので木材を出すことに不思議がられることはない。ある程度の量を取り出すと作業を開始する。俺が一人で作業を始めると、冒険者《ぼうけんしゃ》組や子供達の中でも年上の男の子達が手伝ってくれるようになった。

数日かけて小屋を数戸、それからシーキャット達の小屋を完成させた。これからここも拠点の一つとなるのだが、成人を過ぎたとはいえ子供ばかりでいささか不安だったので、従魔を増やすことにしたのだ。その筆頭がシーキャットである。たくさんいるし、なによりレベルが元から高いのがいい。

「ピュイー！」

「ミャー」「ミャー」「ミャー」

だが弊害《へいがい》もあった。シーキャットの数が二羽三羽《わ》のときは良かったのだが、シーキャットの数が増えるにつれ、ぴーちゃんとのリーダー争いが勃発《ぼっぱつ》したのだ。

一対一ならばぴーちゃんの方が強い。レベルもそうなのだが、弱い魚モンスターでコツコツレベルを上げたシーキャットと竜の森で強い相手と戦いレベルを上げたぴーちゃんでは戦闘《せんとう》経験が違い過ぎた。

しかし、数は暴力、大勢の大人に言い寄られれば、ぴーちゃんが劣勢《れっせい》になるのは致《いた》し方《かた》ないことだ。

「ピュイ～……」

「ぴーちゃん、とっくんだよ！」

「頑張って……！」

落ち込むぴーちゃんを妹ちゃんとサクヤちゃんが慰《なぐさ》めているのだが、特訓って、クルスくんに影響《えいきょう》を受けたのか？　スポ根ドラマのような感じになり三人はクイーンに弟子入りし修行《しゅぎょう》を始めた。
シーキャット達はぴーちゃんとの戦いで連携《れんけい》の大事さを知り常に三羽位で行動するようになった。

シーキャットという従魔が増えこの港町の孤児院の護衛として戦力は十分《じゅうぶん》だとは思うのだが、正直に言えばもう少し従魔が欲しい。特に陸か海に対応出来る従魔が。ただ、そういうモンスターの心当たりも無いので今度漁師さん達に相談してみよう。
小屋を作っている間、商人組にお使いを頼んでいた。王都の商人の所への取引をお願いしたのだ。前に行ったときからある程度経《た》っているので色々と仕入れているはずである。本当なら王都を探索《たんさく》したかったのだが妹ちゃんやクルスくん、イリヤちゃんへの視線が厳しいので、三人がもう少し大人になってから行くようにしたい。商人組にはついでに王都で日用品なんかも見てきてもらいたいな。後は作った魚なんかも味見してもらうのも必要かな？　それと、この港町に拠点を作ってることも知らせておこう。余らせることはないだろうが魚の販売《はんばい》ルートを作れれば良いのだけど……。

王都から商人組が帰ってくると俺達はやれることがなくなってきた。厳密に言えば干物作り

や近くの森で狩りや採取などをする事はあるのだが……。

商人組が出掛けている間にシーキャット達に熊の行商人の村へ手紙を届けてもらっていた。港町に拠点が出来たので連絡《れんらく》するならフレイの町よりは楽になると思う。シーキャット達にフレイの町を覚えてもらえば連絡が楽になるのでタイミングを見て一度来てもらおう。

新しい子供達もクイーンの猛特訓《もうとっくん》により何人かレベル10を突破《とっぱ》した。ただ、レベルアップを優先したために技術が追い付いていないので当分冒険者組から指導を受けることになった。

また、新しい従魔についても一応候補があがった。亀《かめ》のモンスターだ。というのも妹ちゃんが亀の卵を拾ってきたのが原因なのだが……。


「おにいちゃん、たまごおちてた！」

俺が細々とした作業をしていると後ろから妹ちゃんとサクヤちゃんが走ってやってきた。その手には丸い卵が載《の》っていた。

「だめだよ、巣に卵が無かったらお母さんが悲しむよ、返してあげようね」

俺はビッグコッコの卵のようにどこかの巣から取ってきたのかと思ったのだがどうやら違《ちが》うようだ。

「違う……。砂浜に落ちてた……」

サクヤちゃんが状況を説明してくれたがどうやら巣ではないようだ……？　わからないなら

直接見た方が早いと妹ちゃんに現場に案内してもらうと、確かに砂浜に卵が落ちていた。というか埋《う》まっていた？　波に砂がさらわれて卵が出てきたのだろう。おそらく海亀《うみがめ》の卵だと思うのだが、こういうのって波が来ないところに産卵《さんらん》するんじゃなかったっけ？

よく見てみると露出《ろしゅつ》している卵はいくつか割れてしまっていた。割れた理由はわからないがこのままでは問題がありそうなので妹ちゃんとサクヤちゃんと一緒《いっしょ》に無事な卵を探してみた。

結局無事な卵は四つしかなかった。『鑑定《かんてい》』で確認《かくにん》したので無事なのはわかったが、海亀だと思った卵は亀型モンスター、その名も『グリーンタートル』。うん、ミドリガメか……って、海亀だよね⁉　どうも地球のミドリガメのイメージが強いが漁師さん達も知っているモンスターのようで大人しく人を襲うことはないとの事。戦ったことが無いらしいので強さはわからないが海でも陸でも行動出来るみたいなのでこの子達を育ててみようかな？

従魔にするために卵に魔力《まりょく》を流し込むこと数時間ほど、弱っていたのかぴーちゃんのときのように凄い勢いで魔力を吸われちょっと疲《つか》れてしまったが無事？　に子亀達《こがめたち》が誕生した。この子亀達はあまりにも小さく弱々しいので正直レベル上げが大変だと思ったがクイーン達がやる気なのできっと大丈夫《だいじょうぶ》……のはず！

ある程度レベルが上がるまではおいておくことは出来ないので連れて帰ることになった。海水以外でも生活出来るかわからなかったので大量の海水を持ち帰ることになったのは誤算だった。

とにもかくにもやるべきこと、やれることを終えた俺達は孤児院に帰ることになった。港町にも残る必要があるので帰るのはいつもの四人にサクヤちゃんにおじいさん、クイーンと子狼にぴーちゃんだけになってしまった。

商人組は魚の買い取りに王都との取引もあるので残ることになり、冒険者組はその護衛。ステップホース達《たち》は馬車に必要だしシーキャット達は護衛要員。彼らが帰ってこれるのは交替要員を連れてきてからになっちゃうだろうなぁ。


「しっかり稼いでおくわね！」

「帰りは気を付けろよ？」

「早く帰って来てにゃ」

商人組、冒険者組、猫姉妹を筆頭に子供達に見送られながら俺達は港町を出発した。


「これでやっと帰れるのか」

「まだ寄る所はあるけどね」

「もう孤児院に帰るんじゃないのか？」

「クルス、あんた話聞いてなかったの？　隠《かく》れ里《ざと》に寄るって約束してたでしょ？」

「あぁ、そういえば毛皮とか預かってたっけ」

本当ならまっすぐ帰りたいところなのだが行きに見つけた獣人族達の隠れ里に商品を届けな

ければならない。まぁ通り道なのでそんなに時間はかからないと思うのだが急いで帰らなくては……。

「何だかんだで時間かかっちゃったから急がないとね」

寄り道やら孤児院作りの話やらで予定よりも大分時間がかかったので院長先生達はさぞ心配していることだろう。


「次の目的地は隠れ里でよいのか?」

出発して少ししたところでおじいさんから次の目的地を聞かれた。本当なら隣町《となりまち》で農村の人達と話をして山羊《やぎ》や羊なんかを買えないか聞きたかったのだが早く帰ることを考えると寄れるのは隠れ里くらいだろう。

「そうですね、時間もないので隠れ里くらいしか寄り道は出来ないですね」

「なら、わしが送ってやろう」

送るもなにも一緒に狼車で帰ってるんだけど……。

なんのことかわからなかったがおじいさんの指示で人気《ひとけ》の無い所へ進んでいった。


「この辺りでいいじゃろ」

周りに気配が無いのを確認するとおじいさんは魔力を集め何かの魔法を使おうとしていた。

「全員この中に入るんじゃ」

そう言うとおじいさんを中心に魔方陣《まほうじん》？　のようなものが地面に現れ光り出した。俺達は慌《あわ》てて狼車ごと魔方陣の中に移動した。全員が魔方陣の中にいるのを確認したおじいさんは魔法を発動し、俺達は一瞬《いっしゅん》意識が飛んだような気がした。そして、目の前の景色が変化していることに気が付いた。

「ここ、隠れ里の近くか？」

鼻をヒクヒクさせながらクルスくんが首をかしげている。確かに言われてみれば隠れ里近くの森の入り口のような気がする。

「転移しただけじゃ」

おじいさんからの衝撃《しょうげき》発言！　港町から隠れ里まで魔法で転移したとのこと。この世界『転移魔法』が存在したのか！　というか馬車で何日もかかる距離《きょり》を一瞬って……。

「凄い便利な魔法……。俺でも覚えられます？」

「無理じゃな！」

即答《そくとう》!?　詳《くわ》しく聞くと『転移魔法』は大量の魔力を消費するので普通の人間には難しく、技術的にも明確なイメージが必要な為難しいと言われてしまった。例えばおじいさんは王都に行ったことがあるので、行くときも実は転移出来たのでは？　と聞いてみたら前回行ったのは十年以上前だからイメージがぼんやりして出来なかったらしい。代わりに魔方陣を用いた魔道具があるとの事。対《つい》になる魔方陣を行き来出来、魔力も魔核《コア》を使って代用できるみたい。だが、魔道具は貴重だし魔核《コア》も大量に必要なので一般《いっぱん》には使われないそうだ。しかし、あるとわかっ

たのならいつかは作ってみたいと思う。

話は逸《そ》れたが早く着いたことはありがたいので早速隠《さっそくかく》れ里へ向かった。

「アネゴ！」「お姉ちゃん！」

里に着くと狸人姉弟《たぬきびとしてい》を筆頭に子供達が集まってきた。あっという間に妹ちゃんは里の子供達に囲まれてしまった。そして、大人の人達も来てくれたので俺は色々な品物を出して里に必要な物を渡していった。今回は港町で大量に仕入れたので塩や干物も格安で譲《ゆず》ってあげた。魚はあまり食べる習慣がないのでいまいちな反応だったが塩は喜ばれた。

交流を終えると忙《せわ》しないが俺達は出発した。そして、隣町経由で帰ろうとしたのだが、またおじいさんの『転移魔法』でおじいさん達の家の近くに行き、あっという間にフレイの町に帰ってくる事が出来たのであった。

早速《さっそく》、門から町に入ろうとするといつもの門番さんがいた。

「おっ、やっと帰ってきたのか⁉ って、お前らだけか？ 他《ほか》の連中はいないのか？」

俺達に話しかけ手続きをしてくれるときに人数が少ないことに気付いて質問してきた。

「えへへ、実は新しい孤児院作ってんだよ」

クルスくんが自慢《じまん》げに言うのだがそれだけでは伝わらないので、門番さんは、はてな顔。俺やイリヤちゃんが補足すると理解してくれて「頑張れよ」とクルスくんの頭を撫《な》でていた。

無事に町に入るとクイーン達を見た町の人たちがちらほら挨拶《あいさつ》をしてくれた。

「にしても今日もいたな」

「うん、こんな時間なのにね……」

いつ門に行っても必ずいる門番、謎《なぞ》過ぎる。ちなみにお土産《みやげ》に干物を少し分けてあげたら他の兵士共々喜んでくれた。ついでに美味しかったら買ってね！ と宣伝をするのも忘れない。門番ならば色々な人と話す機会があるだろうから味方につけるのはありだろう。

孤児院に近付くとクイーンやぴーちゃんに気付いた子供達が駆《か》け寄《よ》ってきた。

「おかえりー」

「クイーンだー」

子供達は思い思いの相手に突撃《とつげき》していったが人数が少ないことに気が付くとキョロキョロと辺りを捜していた。

「お兄ちゃんは？」

「お姉ちゃんは？」

子供達から質問されたので港町に孤児院を作るために商人組、冒険者組に残ってもらったことを話した。そうしていると院長先生とシャルちゃんが俺達に気付いたようで孤児院から出てきた。

「みんな、お帰りなさい……他の子達はどうしたの？」

「みんな、怪我《けが》はないですか？」

二人は俺達の無事を喜んでくれたが、やはり人数が少なくなっていることに顔色を少し悪くしていた。


「命を預かるというのはとても大変な事なのですよ？」

「お金はどうするのです？」

「人は足りているのですか？」

「住む所はあるのですか？」

院長先生とシャルちゃんに新しい孤児院の話をしたところ矢継《やつ》ぎ早《ばや》に質問というか注意をされてしまった。おそらくはこの孤児院に辛《つら》い時期があったことを悔いているのかもしれないけれど、いまはそれなりに資金があるので大丈夫なはずだ。

しかし、ここで俺はミスをしていた。その資金はどこから出ているのかを尋《たず》ねられワイバーン等のモンスターを売ったお金だと言うと、それはどうやって手に入れたのかと話が進んでいった。

「シュウ、なんでそんな大事なことを言わないのですか！」

失敗した。アイテムボックスにたくさんあったワイバーン等の素材が売れるのが嬉《うれ》しくて色々と売ってはいたが、そういえばおじいさんに貰ったことを院長先生に言い忘れていた。おじいさんに貰ったとはいえ、保護者がお礼を言わないわけにはいかないのはわかりきったことだったのに……。

院長先生に連れられておじいさんにお礼を言いに行ったのだが「かまわんよ、サクヤもわしらも楽しませてもらっておるからの」と言って笑って許してくれた。元々おじいさん用にお酒を多めに仕入れていたが、もう少し多く仕入れてあげようと思った。

院長先生への話は終わったのだがさすがにこれから牧場に行くわけにはいかないので皆への詳しい説明は明日となった。今日の晩御飯《ばんごはん》はお土産の海鮮鍋《かいせんなべ》になる予定だ。シャルちゃん達がどこまで美味しくしてくれるのか楽しみである。

翌朝、俺達は早速牧場へと出発した。ちなみに今日の朝御飯《あさごはん》はカニ雑炊《ぞうすい》だった。雑炊と言ってもお米は無いので麦などの雑穀粥《がゆ》みたいな物だったが魚介《ぎょかい》の旨味《うまみ》が凝縮《ぎょうしゅく》されていてとても美味でした。

牧場、というかおじいさんの家に着くと狼達《おおかみたち》が出迎《でむか》えてくれた。その数たくさん。多分50匹《ぴき》位かな？　それが整列しているのでなかなかの迫力《はくりょく》である。って、この狼達は何者なの⁉

牧場にいる孤児院の子達に聞いてみたのだがいつの間にか増えていたとのこと。しかし、従魔だったのは確か10匹くらいだったはず。わからないことは聞くしかないのでクイーンに聞いてくれるようにお願いしてみた。

「ガウッ」

「ガウガウ」「ウォン」

クイーンが吠《ほ》えるとそれに答えるように最初からいた狼達が返事をしていたのだが、途中《とちゅう》から若そうな狼が吠え始めてクイーンに向かっていった。

俺達は驚いたがクイーンは落ち着いて襲ってきた狼を返《かえ》り討《う》ちにしていた。

「クイーン大丈夫？」

「ウォンッ！」

どうやらクイーンは無事なようだ。その後狼達のことも無事に聞けたのだが、どうやら残った狼達が他の群れを吸収してこの数になったとのこと。そして、さっきクイーンを襲った狼は新しく来た子で、群れのリーダーは居残り組の狼だと思っていたらしくクイーンが偉《えら》そうにしたのが気にくわなかったみたい。

この群れというか従魔達《じゅうまたち》全体のボスがクイーンなんだけど新しく来た子達はボスが誰なのかわからせるためにクイーンの修行の洗礼を浴びるんだろうなぁ。そういえばぴーちゃんも修行したがってたから一緒に行ってくるのかな？

その後も牧場を見てまわるとビッグコッコやミルホーン達は順調に数を増やし、コボルト達も何匹《なんびき》かお腹《なか》が大きくなっていた。狼達の中にも番《つが》いがいるのでここに慣れたら赤ちゃんが出来るだろう。

従魔達を見てまわった後は港町の孤児院についての話し合いだ。商人組、冒険者組、木工組、鍛冶《かじ》組、裁縫《さいほう》組、調薬組と働く子供達が勢揃《せいぞろ》いである。ほとんどの子が成人済み、もうすぐ成人なので皆クランに所属している。新しい孤児院は商店も兼《か》ねているので今後の生活も考えて出来るだけ自分達でなんとかしたい。

まずは集まった皆に今までのことを話した。皆孤児院《みなこじいん》をつくることには賛成してくれたのでホッとし、孤児院を続ける為に商店を出すことにも納得《なっとく》してくれた。その流れで今後の予定を話し合った。

全体としては今までやってきたこととそれほど違いはない。

木工組は食器作りに建物作り。竜の森の木材が高価だとわかったので何か利用できないか考えてもらおう。

鍛冶組には鍋《なべ》や包丁、武器防具に大工道具をお願いした。

裁縫組には服作りと並行して熊の行商人の村で手に入れた羊の毛を渡《わた》した。品物、というか使い道があるのならば農村などで仕入れられないか調べることになるだろう。

調薬組は販売商品の主戦力であるポーション作りに励《はげ》んでもらう。

冒険者組は材料集めに護衛の練習かな。一番経験のある冒険者組が港町に行ってしまったので、護衛依頼《いらい》を受けて慣れてもらわなければ。

そして最後に商人組。こちらもやることは今までと変わりはないが、規模というか範囲《はんい》が大きくなるので大変だろう。経験不足でどこかで損をするかもしれないが、それもまた経験。おじいさんのおかげで多少はお金に余裕《よゆう》があるので、今後のためにも頑張ってもらいたい。


早速とばかりに俺達は行動を開始した。そして、そのために俺と冒険者組は走り回ることになる。というのも職人組が活動するには材料が必要で、その材料は俺達や冒険者組が取りに行かなければならないからだ。

ただ、薬草などはコボルト達が集めてくれているので助かっているのだが、ポーションを入れる器が不足しているとのことで、どこかで仕入れなければいけないみたい。冒険者《ぼうけんしゃ》組が護衛依頼がないかギルドに見に行ったので、隣町で買ってきて貰えないかな。

木材や金属も足りないので伐採、採掘《さいくつ》に行かないといけないのだが、いつまでも木工組、鍛冶組が取りに行くわけにもいかないので俺達《おれたち》だけで取れるようにならないといけない。

クイーンは早速新しい狼達を連れていってしまったようなので俺達の護衛は古株の狼達だ。あまり会うことも無かったのでちょうど良かったかもしれない。ぴーちゃんはシャドウオウルと一緒に修行中だ。

さすがに何度も来ているので伐採も採掘も順調に進んでいた。今までおじいさんと出掛《でか》けていたので今回の保護者は珍《めずら》しくおばあさんだったりする。その為、採取にも力を入れたので、コツなどを含め色々と教えてもらえた。今度冒険者組やコボルト達にも教えてあげないといけないな。


「きのこみつけた！」

「おばあちゃん、これも薬草……？」

「よし、お前ら、誰が一番でかい獲物《えもの》を狩《か》れるか勝負だ！」

「「「ガウッ！」」」

伐採、採掘が終わってからも何日かはおばあさんと森へ出掛けていた。ある程度材料が揃《そろ》うと俺達は仕事が無くなるからだ。といっても木や薬草はいくらあっても困らないのでのんびりしながら森を歩いていた。妹ちゃんやサクヤちゃん達はおばあさんと採取をし、クルスくんと従魔達は狩《か》りを楽しんでいた。

「キャンキャン」

「ワンワン」

久しぶりに竜の森を探索していて知ったのだが、今ではコボルト達もレベルが上がり俺達が活動する辺りまで探索できるようになり、森ですれ違うことが多かった。もしかすると匂《にお》いで近寄っているのかも知れないけど久しぶりに会う子も多いのでとても嬉しそうにしていた。

コボルト達は冒険者と同じように採取や狩りに来ているのでタイミングが合えばクルスくん達が狩ってきた獲物の解体を手伝ってもらったりした。もちろんコボルト達にお土産として渡すのも忘れない。というか、クルスくん達が狩ってきた獲物の解体をお願いする為にコボルト達の家に置いてきたりもした。

解体したお肉で思い出したのだが、料理組には塩や香辛料《こうしんりょう》を使わない干し肉作りをお願いした。旅の最中俺がいれば問題ないが、いないとクイーン達狼《たちおおかみ》の餌《えさ》に困ることに気付いたからだ。狩りにいく場所や時間があれば良いのだが、無いときは必ずあるだろうから今のうちに考えておかないとな。ついでに魚介類《ぎょかいるい》も渡したので色々と新しい料理を作ってくれるだろう。いつかは「料理」スキル持ちの子も港町に連れていくのも良いかもしれないなぁ。

数日もするとスッキリとした顔のクイーンとゲッソリとした狼達が牧場に集まっていた。どうやらクイーンの修行が終わったみたいだ。レベルは少ししか上がっていないが技術は上がったことだろう。

「ウォンッ！」

そのクイーンからお願いをされた。なんでももうこの辺りのモンスターは慣れてしまったのでもう少し強い相手と戦いたいと。確かにいつも狩りをしているイメージのクイーンだが最近は全然レベルが上がっていない気がする。それにぴーちゃんも鍛《きた》えたいと言っていたし、おじいさんにお願いしてもう少し森の奥へ行ってみるのもありかもしれないなぁ。

「なんか、冒険《ぼうけん》するのも久しぶりだな！」

「何言ってるの？　あんたとクイーンはいつも森に行ってたじゃないの」

「いや、森にいたやつら、ここと比べると弱すぎて戦ってる気がしなかったんだよな」

「ウォン！」

どうやらクイーンも同じ意見のようだ。

俺達は今おじいさん付《つ》き添《そ》いのもと、いつもより深い森の中を歩いていた。いつもの場所ではあまり修行にならなくなったので次の段階へ進むために。

クルスくんとクイーンは喜んでいたがイリヤちゃんは二人を見て呆《あき》れていた。

今回はレベルアップが目的なので古参の従魔達も一緒に来ていた。それぞれが持ち前の能力で警戒《けいかい》し採取もついでにおこなっていた。銀リスやウッドモンキーはあまり警戒が得意じゃないからね。

「おにいちゃん、これやくそう？」

「これ、食べられる……？」

いつもより森の深い所な為《ため》か森の恵《めぐ》みはほぼ手付かずの状態のようで色々と採取が出来た。ただ、先へ進むほど見たことのない物がちらほらと現れてきたので妹ちゃん達は俺に確認しに来ていた。妹ちゃんはすぐ手に取ってしまう。注意しているのだが少しすると忘れてしまうのでかぶれたりしないか心配である。採取用に手袋《てぶくろ》でも作って貰《もら》った方がいいかな？

クイーン達はモンスターの気配を感じると待つことなく狩りに行ってしまった。まだこの辺りは見覚えのあるモンスターばかりなので問題はないだろうが、そろそろ警戒に力を入れた方がいいかもしれない。当然トレントやロッククラブのことがあるので魔力をしっかり探索するのも忘れない。

「ちょっと数が増えてきたな」

「一匹一匹も少しずつ強くなってる気がするわ」

「ぴーちゃんもたいへんそうなの！」

奥に進むとモンスター達が集団でいることが増えてきた。おそらく集団をまとめる上位種が多くなってきたからだろう。空の方もぴーちゃんとシャドウオウルがひっきりなしにモンスターや鳥達と戦っていた。というか、モンスターじゃない鳥達もなかなかに強者揃《つわものぞろ》いみたいだった。数も多いのでイリヤちゃんの弓や妹ちゃんの投擲《とうてき》、俺やサクヤちゃん、従魔達の魔法《まほう》で援《えん》護《ご》するのだが、クルスくん達の援護もあるので目が回りそうだ。


「くそっ、きりがないな」

「休む暇《ひま》も無いわね」

「でも、クイーンは元気だよね」

この辺りはほとんど冒険者が来ないからかモンスターの数がとても多く、倒《たお》しても倒しても次々に新しいモンスターがやってくる。おそらく血の臭《にお》いに誘《さそ》われてるんだろうが本当にきりがない。

こうなるとさすがに全員同時に戦うのは難しいと交替しながら休んでいる。クイーンだけは喜んで戦っているが子狼達も戦わされているので少し涙目《なみだめ》だ。

見回すと倒したモンスターの山になってしまっていたので俺は慌ててアイテムボックスに仕《し》舞《ま》いだした。これだけモンスターがいたら移動の邪魔《じゃま》になってつまずくかもしれないからね。

ってか普通の冒険者はこういうときどうするんだろう?

倒したモンスターを仕舞い、魔法で水や風を出し血の臭いを散らせるとやってくるモンスターが少しずつ減っていき、やっと戦いが終了《しゅうりょう》した。いつの間にか日も暮れかかっていたので本日の冒険は終了となった。

次の日早速《さっそく》俺《おれ》は裁縫組に手袋を依頼した。手袋と言うとなんとなく毛糸の手袋を思い出すけど、羊の毛は最近手に入れたばかりだし量も少ないので難しいだろう。

裁縫組や冒険者組にも話を聞いたところ、数は少ないけど冒険者も手袋を着ける場合があるとのこと。ただ、感覚が鈍《にぶ》ると、後衛の冒険者や採取のときにしか使わないらしい。手袋の材料としてはモンスターの革《かわ》が多いらしい。大人の冒険者サイズでギリギリ指の部分を作れるが、妹ちゃんサイズは難しいと言われてしまった。

そして出来上がった妹ちゃんの手袋は指の部分がひとまとめになった鍋つかみのような形におさまった。素材に毛皮を使い、毛の方が内側にくるように作ったので手がもふもふと暖かくなる仕上がりだ。他の子供達が「僕《ぼく》も欲しい」「私も欲しい」と人気になり、裁縫組の仕事を一つ増やしてしまった。

「よし、今日はどっちが多く狩れるか勝負だ！」

「ガウッ！」

今日も竜の森で狩りと採取を繰《く》り返していた。最初の方は色々と戸惑《とまど》いもしたが少しすると慣れてきていつも通りクルスくんとクイーンは狩り対決をし始めてしまった。そこに子狼《おおかみ》やブルータイガーも加わるので周囲の警戒は万全《ばんぜん》に近い状態となっていた。

「ウキッ！」

「チチチッ」

「キュイ」

クルスくん達が狩りをしている間、俺達は採取をしていた。ここに来た当初はモンスターがひっきりなしに来ていたが、ある程度倒《たお》したお陰《かげ》か採取をする余裕が生まれていた。妹ちゃん達は薬草やキノコなんかを探し、ウッドモンキーや銀リス達には木の上で木の実や果物を採ってもらった。

俺《おれ》はというと木を切っていた。木材が必要なので切っているのだがほとんど人が来ない場所なので今までの木よりも太く背も高かった。さすがに一人では難しいと思ったが『風魔法』と『アイテムボックス』を駆使《くし》してなんとか一人でも切ることが出来た。

採取や伐採はなんとかなっているのだが、さすがに採掘は難しかった。採掘《さいくつ》出来る場所が限定されるのが原因なのだが新しい採掘場《さいくつじょう》を見つけるのが難しい。一応おじいさんに聞いてみたのだがさすがに知らないとのこと。見つかるかはわからないけれど採掘出来る場所も探してみよう。

「クルスくん気を付けて！」

「うわっ！」

「「「ウォンッ」」」

一ヶ所で取りすぎるのも問題なので少しずつ移動しながら冒険しているのだが、出てくるモンスターが段々と数が増え連携《れんけい》を取るようになってきていた。それに加えて魔法を使う個体も増えてきたので苦戦するようになった。

幸いなことに使われる魔法が初級の弱い魔法ということもあり大怪我《おおけが》はしないのだが、それでも当たることが増えてきたのでクルスくんの傷が多くなってきていた。かすり傷程度なので問題はないのだがリンちゃんも連れてきた方がいいかな？

「ていっ！」

俺は飛んできた火を盾《たて》で防いだ。魔法による遠距離攻撃《えんきよりこうげき》が増えてきたので俺が盾で防ぐ係になったからだ。以前は遠距離攻撃を出来るモンスターが少なかったので誤魔化《ごまか》せていたが、さすがに今は難しくなってしまっていた。かといってクルスくんに盾を持ってもらうわけにもいかないので難しい問題だ。誰《だれ》か守ってくれる従魔を作るしかないかなあ？

防具に関してもそろそろ強化した方がいいかもしれない。色々と魔法を付与《ふよ》して強化してはいるがそれでも初心者冒険者用の装備だからなぁ、これも要検討だな。

その後も冒険を続けたがクルスくんが傷だらけになってしまったのでその日の冒険は終了となった。


さすがに毎日冒険に出るわけにはいかないので今日は生産活動に勤《いそ》しむ日だ。

まずはシャルちゃんの所へ。ここでは色々と魚介類の研究をしていた。この町で食べられていたのは川魚か干物《ひもの》位だったので張り切って料理していた。もちろん味見役の子供達も大満足。ただ、海の魚介類を屋台で出しても平気かどうか悩《なや》ましいところだったりする。リンちゃんの所に来る老人達には柔《やわ》らかい魚のスープなんかちょうどいいと思うんだけど、俺がいない間のことを考えると難しいかもしれないな。なんとか魚を冷凍《れいとう》出来ないか挑戦《ちょうせん》してみよう。

料理組は魚介類に合うスパイスも調合してくれていたのでそれも貰うことが出来た。ただ、干し肉はさすがに時間がないからまだ出来てなかった。


続いては木工組。俺はアイテムボックスにしまってあった木を取り出し魔法でどんどん乾燥《かんそう》させていく。何度もやっていると多少は慣れるのでテンポ良く作業は進んでいく。それが終わると木工組が加工した木材をしまっていく。

「シュウ、これもしまっておいてくれ」

木工組に言われ見に行くと、そこには簡素ではあるが鳥小屋が出来ていた。

「港町で家作るんだろ？　久しぶりだからな、これで練習したんだ」

確かに最近は小物作りが多かったからなぁ。それにシーキャットも増えたしちょうどいいや。

「時間があったら他にも小屋を作っとくな」

どうやら木工組は張り切っているようだった。小屋もアイテムボックスに入れておけばいいので問題はないけど木材の使いすぎには注意してもらいたい。


お次は冒険者組とコボルト達の所。彼《かれ》らには狩ってきたモンスターの解体をお願いしていた。解体した物は肉や皮や爪《つめ》に牙《きば》、内臓等があるのだがここから料理組や裁縫組、鍛冶組や調薬組に運ばれて加工される。俺は使われなかった物や余った物をアイテムボックスにしまい、新しいモンスターと交換《こうかん》していった。

「あぁ、もう、お前持ってくるの多すぎだよ！」

「「「クゥ～ン……」」」

俺が解体前のモンスターを並べていると解体していた子達から苦情がきた。コボルト達も同じく不満というか疲れた表情をしていた。しかし待ってほしい、狩ってくるのはクイーンやクルスくんなんだから文句はそっちに言ってほしい。

「クルスは違うけどクイーンはお前の従魔《じゅうま》だろ？　ならお前の責任だ！」

飼い主の責任か……。ぐうの音も出ないとはこの事か……。俺は大量のモンスターを置き去りにそそくさとその場を逃げ出《にだ》した。

調薬組の所に着くとポーションを入れる器が山積みになっていた。ポーション作りを頼《たの》んでいたのだがポーションを入れる器が少なくなってきたのでなんとかならないかと言われていたのだ。そこで商人組に頼み商業ギルドで手に入らないかと相談してもらっていたのだ。

結果は見ての通り、大量に用意してくれたみたいだ。ギルド側も定期的にポーションを卸《おろ》している俺達に気を使ってくれたのだろう。冒険者組も護衛のついでに隣町で仕入れてくれるとのこと、保管に気を付ければいくらあっても困らないので大量に仕入れておこう。

「ふぇっふぇっふぇっ」

調薬ついでに久しぶりに錬金術師《れんきんじゅつし》のおばあさんの所にも行ってみた。相変わらずの胡散臭《うさんくさ》さで一緒に来た妹ちゃんとサクヤちゃんがびっくりしていた。

ここに来たのはお土産の薬草類をプレゼントするためだ。正直竜《りゅう》の森の素材だけで問題はないのだが何か欲《ほ》しいものがあるかもしれないから、商売に繋《つな》げようという魂胆《こんたん》だったりする。場合によっては隠れ里や獣人《じゅうじん》街、行商人の村の薬草が売れるかもしれないと期待してたりする。

「おや、この薬草かい……。なら今度少し持ってきとくれ。最近、ここらじゃ仕入れられなくてねぇ」

そこまで貴重な薬草ではなかったがこの町に来る商人が買《か》い占《し》めて品不足が起きていたらしい。ポーション用の薬草は、冒険者組《ぼうけんしゃ》としては売っているので問題はなかったらしいが、解毒《げどく》、解麻痺《まひ》なんかのポーションに使えるので助かったと言われてしまった。値段は安いが売れる品があって良かった。

帰《かえ》り際《ぎわ》に薬屋のおじさんにも売ってやんなと言われ帰りに寄ってみたのだが、そこでも喜ばれたので次回は多めに仕入れておこう。


修行や生産組の準備を進めて一ヶ月もしないうちに俺達は港町へと出発した。院長先生は俺達四人が行くことにあまりいい顔をしてくれなかったが保護者としておばあさん、それに冒険者組に生産組、狼達も十匹ほどついてくるのでなんとか許可を貰うことが出来た。

ついてくるのがおじいさんではなくおばあさんなのは単純に「次は私の番」とおばあさんに言われたからだ。おじいさんが逆らえるわけがないので保護者枠《わく》はすぐに決まった。

今回の旅では狼車《おおかみしゃ》は二台になっている。一台は木材運搬用《うんぱんよう》だ。一応家を作るつもりなのでアイテムボックスの木材を使うためのカモフラージュ用だ。作る場所が港町の端《はし》の方なので漁師さん達以外は特に気にしないだろう。

相変わらずいる門番に挨拶をし、大所帯での移動となる。といっても隣町までは特に何も起こらずにすんなり着いた。ここですることは食料の購入《こうにゅう》、ポーションの販売《はんばい》並びに器の購入である。

俺達はというと近くの村から野菜販売に来ている人達に羊が買えないかの聞き込みをしていた。

「う～ん、今うちの村で売れる奴《やつ》はいないないなぁ」

「前もって言ってくれりゃあなんとかなるが急に言われたって無理だ」

何人か、というかいくつかの村に聞いてみたのだがタイミングが悪いのか、余っている、売り物の羊はいなかった。ただ、幸いなことに話を聞いた人の中に前回野菜を買った人がいた。今回も知り合いの人の分も含《ふく》め大量に野菜を買ったので次に羊が産まれたら番《つが》いで譲ってくれるように交渉《こうしょう》してくれるとのこと。今一緒に来ている商人組や冒険者組は港町に残ることになるが一応伝えて村人と連絡が取れるようにしておこう。


町で一泊《ぱく》して出発した。もちろん狼が十匹以上いるので町の外で野宿をした。普段《ふだん》移動なんかしない生産組は宿に泊《と》まった。野宿はいつでも出来るから宿に泊まる経験をしてもらったのだ。

クイーンに鍛えられた狼達は馬よりも早く走るために予定より早く隠れ里に着くことが出来た。

「アネゴ～」

「ボ～ス～」

里に着くと狸人族の姉弟を筆頭に子供達が妹ちゃんを取り囲んで再会を喜んでいた。再会を喜ぶのは良いのだが、あの呼び方はなんとかならないのかな？

子供達のことはイリヤちゃんやおばあさんに任せて俺と商人組は里の大人達と商売を始めた。彼らは俺達が来るのを待っていたようで毛皮や薬草、森の幸を用意してくれていた。そこで俺は薬草が売れたことを話すと喜んでくれて里にある薬草を片《かた》っ端《ぱし》から集めて渡されてしまった。

こちらからは前回同様小麦や野菜を渡した。野菜も保存が効くものを多めにし、季節外れの物も少し渡してあげたら「なんでこの季節に？」と不思議がられてしまった。

ある程度話が終わる頃《ころ》妹ちゃん達はおやつを食べていた。子分？　達も含めクッキーや果物を美味《おい》しそうに食べている。子供達向けに王都なんかでお菓子《かし》を探すのも楽しいかもしれないな。

妹ちゃん達がおやつを食べ終わった頃にクイーン達が森から帰ってきた。

クイーンと子狼は多少は慣れたが他の狼達は森を離《はな》れた旅に少しストレスを感じるようで森に狩りに行きストレスを発散させたのだ。まぁ、いつもクルスくんやクイーン達がやっていることなのだが……。

今回は狩る獲物を一人一匹に制限している。というか制限しないと森の動物達を狩り尽《つ》くしそうで怖《こわ》い！

「ウォンッ！」「ガウッ！」「ワフッ！」

「違《ちが》う！　俺の方が大きい！」

一人一匹にしたことで、クイーン達は獲物の大きさを競《きそ》いはじめた。ちょうど今、その大きさを比べているみたいなのだが、クルスくんと子狼達がどっちが大きいかで揉《も》めていた。

一番は当然クイーンでどうやって持ってきたのかはわからないが大きな熊《くま》の上に乗っていた。クルスくんと子狼達は鹿《しか》や猪《いのしし》でちょっと比べるのが難しい。他の狼達は慣れない環境《かんきょう》のせいか獲物を見つけるのに苦労したようで全体的に一回り小さい物が多かった。

いつまでも喧嘩《けんか》しているのもしょうがないので里の大人に協力してもらい、狩った獲物で夜は宴会《えんかい》となった。


「なんか変な匂いがしてきたな」

「へへっ、それが海の匂いってやつだぜ！」

隠れ里を出発し一路港町へ。前回は王都へ向かったがあそこは妹ちゃんやイリヤちゃんには過ごし辛《づら》い所だから寄らずにいた。狼達のおかげでこちらも予想より早く港町に着くことが出来た。

港町に近づくと潮の香《かお》りがしてくるが海が初めてのメンバーはこの匂いに戸惑った。そこにクルスくんが自信満々に説明していた。

「このまま町に行けばいいの？」

御者《ぎょしゃ》をしている商人組の子に聞かれ町から外れた砂浜《すなはま》の方へ向かってもらう。港町初体験の子達《たち》は残念そうにしていたが、これからここに住むので今は我慢《がまん》してもらおう。

「ミャ～」「「ミャ～」」

「ピュイ～！」

狼車が砂浜に近づくと海の方からシーキャットが向かってきて、それを見たぴーちゃんが狼車から飛び出していった。そしてそのまま戦闘《せんとう》に。

「おい！　モンスターだ！」

言うが早く冒険者組が戦闘態勢をとった。

「あぁ、あれは大丈夫《だいじょうぶ》だよ」

「ぴーちゃんがんばれー！」

「頑張《がんば》れ……」

クルスくんが冒険者組を止めると妹ちゃんとサクヤちゃんがぴーちゃんの応援《おうえん》を始めた。そう、こちらにやって来たのは前に従魔にしたシーキャット達でこちらを発見早々、模擬《もぎ》戦をし始めたのだ。

「負けるなよ！　ぴーちゃん！」

「そこだっ！　いけっ！」

問題がないとわかると皆《みな》はぴーちゃんの応援に加わった。いつもぴーちゃんといたから応援したくなる気持ちもわかるのだが、シーキャットも従魔なので応援が無いとちょっと可哀想《かわいそう》になってくる。

「がんばれ～」「いけ～」「まけるな～」

そんなことを思っていると遠くから子供の声が聞こえてきた。声の方を見ると、見たことのある子供達が走りながら上に向かって大声をあげている。どうやら子供達とシーキャット達は仲良くなっているようで、シーキャットの相手がぴーちゃんと気付いた子供達が応援に来たようだ。前のときもよく勝負していたのを覚えてたんだな。


「ピュイーーーーー！」

「ウォンッ！」

勝負の結果はギリギリぴーちゃんの勝ち、といったところか。以前は負けていた多数戦もフラフラしているがなんとか勝ててクイーンも満足そうだ。これもクイーンの修行《しゅぎょう》のおかげだろう。さすがに怪我をしないわけがないので魔法とポーションで癒《いや》してあげるとぴーちゃん達はまた飛び立ってしまった。


「お帰りなさ～い」

「おかえり～」

ぴーちゃん達が再び空を飛んでいるとシーキャット達を応援していた子供達がこちらに走ってきて狼達に抱《だ》きついていた。

最初はクイーンと子狼達だけだと思ったのだろうが、予想以上の数の狼に初めは戸惑っていたがクイーン達と同じ姿をしていたのでクイーンの仲間だと理解しクイーンを含めた狼にもふもふと抱きついていた。

一緒《いっしょ》に来た生産組や冒険者組も、抱きついた子供達が新しい孤児院《こじいん》の子とすぐに分かったようで打ち解けていた。その子供達に囲まれながら歩いていくと作業をしている子供達の姿が見えてきた。周りの子供達を含め久しぶりに会った子供達は出会った頃に比べ体に肉が付き健康的になっていた。


「お帰り～」

「お帰りなさ～い」

「久しぶり～」

「ただいま?」

「ただいまー!」

「元気だったか!?」

干物作《ひものづく》り等をしていた子達もこちらに気付いて挨拶をしてくれた。

ここに住む子達にとっては「お帰り」で良いのだがこちら側は初めて来た者ばかり。なので挨拶に戸惑ったのだが、やっぱり家族のように挨拶をするのは気持ちが良いな。

第12章 ひとときの休息

an orphanage & a gifted tamer ★★★

孤児院（予定地）に着いた俺達は早速《さっそく》荷降ろしを始めた。港町にいる子達にも手伝ってもらう。まずは狼車に積んだ木材と俺がアイテムボックスから出した木材を運んでもらい、商人組は魔法の鞄《かばん》からポーション類に食料品、日用雑貨等を取り出して整理して貰った。

「シュウ、手が空いたらこっちのをしまってくれ！」

港町に残っていた子から呼ばれ、行ってみるとかなりの量の干物にお酒が積んであった。もちろんそのまま置いてあったわけではなく、俺が来たから渡してあった魔法の鞄からアイテムボックスに移し変える為に取り出したのだ。お酒の方は物によっては熟成されるかもしれないが、干物なんかは古くなると食べられなくなっちゃうからね。

「にしてもずいぶんたくさんあるね」

「おさかないっぱ〜い」

「お酒もいっぱい……」

一緒についてきた妹ちゃんとサクヤちゃんも驚《おどろ》いている。

「まあな、王都の方の商売が上手《うま》くいってるみたいで頼まれてた酒はけっこう買えたみたいだぜ。それにこっちも子供達が頑張ってくれたから干物がたくさん出来た」

港町に残った商人組は冒険者組を護衛に二度ほど王都へ行ったらしい。向こうの商人も素材を売ったおかげで取引先が増えて色々と買えるようになったそうだ。ただ、俺達的に何を売っているのか、何が必要なのかがまだわからないのでお酒位しか買っていないとのこと。これは一度王都に行ってみるしかないかな？

荷物をしまった俺達はもとの場所に戻《もど》るとそこでは大工組を中心に資材置き場が作られていた。持ってきた木材が濡《ぬ》れないようにまずは簡易的なもので、その後家を建てたら倉庫としてちゃんとしたものを作る予定だ。

他《ほか》の子達は手分けしてテントを組み立てていた。予想はしていたのだが俺達がフレイの町に戻っている間に子供達の人数が増えていたので寝床《ねどこ》を確保しなければならなかった。アイテムボックスに小屋も少しあるのでそれも出しておこう。

「ウォンッ！」「「「ガウッ！」」」

「「「「クゥ〜ン……」」」」

港町に着いてから狼達を引き連れてどこかへ行っていたクイーン達が帰ってきた。クイーンと子狼は元気いっぱいだったが他の狼達は落ち込んでいた。クイーンが「ついてきて」と言うのでついていくと岩場にロッククラブが山積みされていた。なるほど、狼達はロッククラブを見つけられなくて落ち込んでたのか。

「すご〜い！」

「いっぱいいる……」

妹ちゃんもサクヤちゃんもカニに喜んでいる。おばあさんはちょっと驚いていた。俺は半分アイテムボックスにしまい、残りは漁師さん達を呼んで運んでもらった。もちろんお裾分《すそわ》けというか夜に一緒に食べるつもりなので漁師さん達も嬉《うれ》しそうに手伝ってくれた。


次の日は港町をぶらり。前回はあまり町をまわれなかったので今回は色々と買ってみたい。

「こっちも、おさかないっぱ〜い」

「どれも美味しそうねぇ」

「おばあちゃん、どれ買うの……？」

まずは大通りの市場へ。屋台が沢山《たくさん》並び活気のある呼び込みの声がそこかしこから聞こえてくる。買い物に来ているのが俺と妹ちゃんとサクヤちゃん、それとおばあさんだけなので屋台の人達から沢山声がかかる。クイーンも護衛に来てくれようとしたがおばあさんが「今日は私がいるから大丈夫」と置いてきたのだ。もしここにクイーンがいたらちょっとした騒《さわ》ぎになってたかもしれないな。

屋台でおすすめの物や普段見ない物をちょこちょこと買い、その後は生地《きじ》屋や食材屋、雑貨屋や錬金術《れんきんじゅつ》のお店に薬屋と、おじいさんと一緒だと行かないお店に寄って色々と購入した。

色々と購入したのだが、店員さんに聞いたところ、船で来た荷物はほとんどが王都に運ばれるので品揃《しなぞろ》えは王都の方が良いらしい。商人としての地位が上がればここで買うことも出来るようだが今の俺達には関係ない話か……。

妹ちゃん達はすでに大量の買い物をしたのだが、日が暮れても家に帰ることは出来なかった。いつの時代、というか世界が変わっても女の買い物は長いと実感した一日だった……。


今日は王都に向かうことになった。ポーション類を持ってきたので王都の商人に届けるためである。向かうメンバーは俺、サクヤちゃん、おばあさんに商人組と冒険者組が数人ずつ。従魔は護衛にクイーンと子狼《おおかみ》達《たち》、それにミュウ。前回は来られなかったので今回はミュウ一家も港町に来ているのだ。ちなみにミュウの他の家族達はなぜか子ウサギが亀達《かめたち》と仲良くなり浜《はま》辺《べ》で一緒に遊んでいる。ミュウの旦那《だんな》さんは保護者として残ることになっていた。

後々のことを考えると馬車ではなく狼車にして道を覚えるのが良いのだろうが、久しぶりに馬車に乗りたかったのでステップホース達に今回は運んでもらう。


「にゃ～だ～、わだぢもい～ぐ～！」

王都へ向けて出発しようとした俺達だったが出発は遅《おく》れていた。というのも妹ちゃんが一緒に行くと泣いているからだ。

「だからね、王都には怖い人がいるから危ないんだよ？」

「お土産《みやげ》買ってくるから……ね？」

王都は獣人族への差別が激しいから連れていきたくないのだが、俺やサクヤちゃんと離れたくないのと、獣人街の子供達に会いたくてしょうがないみたい。

「ほら、おチビ、シュウ達は仕事なんだから我慢しろ」

「すぐ帰ってくるから私達と待ってましょ？」

クルスくんとイリヤちゃんも一緒に妹ちゃんの説得にまわり「ピュイッ」とぴーちゃんも説得し、ようやく港町を出発することが出来た。


商人組と冒険者組は港町にいた子と新しく来た子の半々で行動している。いわゆる引《ひ》き継《つ》ぎ作業なのだが、すでに何度も王都へ行っているので道のりはスムーズに進んだ。

王都の門には行列が出来ていたが、門番への賄賂《わいろ》……心付けを渡すと簡単な検査で門を通ることが出来た。渡すと言っても持ってきた干物なのだが商人組もしっかりしてきたなぁと驚きを隠《かく》せない、と同時に院長先生に育てられたのにこんなことをしているのにちょっと将来が心配になってくる。


「いらっしゃい」

「久しぶり」

「元気だったか？」

獣人街を歩くと街の人からたくさん声をかけられた。何度か来ている商人組や冒険者組だけでなく俺のことを覚えてる人もいて子供達に声をかけたりしていた。

まずは宿を取るのだが、人数が多いので今回も別れて泊まることに。今回はおばあさんがいるので俺達がちょっとお高い宿に、商人組が獣人街の宿に泊まることとなった。


「いらっしゃい、泊まりかい？」

建物に入ると受付におばちゃんがいた。

「はい、部屋は空いてますか？」

ここで対応してくれるのはおばあさん。さすがに俺が対応するわけにはいかないからね。

「部屋は一つで良いかい？」

おばあさんとサクヤちゃんは、言い方は悪いが他人、なので同じ部屋で寝《ね》るのは少しばかり抵抗《ていこう》はあるのだが、二部屋取るのは勿体無《もったいな》いので一部屋を借りた。一階は食堂のようで朝晩のご飯はここで食べられる。これが冒険者向けの宿だと食堂ではなく酒場になるんだろうな。

宿の部屋はベッドが三つにテーブルとイスとシンプルなものだった。小綺麗《こぎれい》だが少し狭《せま》い気がするのは都会だからか？　サクヤちゃんと隣《となり》で寝るのは問題あるかもしれないのでおばあさんを真ん中に川の字で寝ることになった。

明日の予定を簡単に話していたら晩御飯《ばんごはん》の時間に。食堂に行くと半分くらい席が埋《う》まっていたが三人で座《すわ》ることが出来た。

「う～ん、やっぱりシャルちゃんが作るご飯の方が美味しいね」

「味が変……？」

出てきた料理は焼いたお肉にスープにパンとシンプルなもの。海が遠くないので塩味はしっかり効いているのだが、普段から香辛料の効いたご飯を食べているので少し物足りない感じがした。

次の日の朝ごはんは具がトロトロになるまで煮《に》込まれたスープとパンだった。昨日は遅《おそ》くまでお話ししようとしていたサクヤちゃんだったのだが緊張《きんちょう》と疲《つか》れで早く寝てしまい今日はちょっとしょんぼりしちゃってる。

今日の買い物で元気になってくれればいいんだけどな……。

出掛《でか》ける支度《したく》をし俺達《おれたち》は獣人街へ向かった。そこではすでに獣人街の商人、王都の商人が揃っていてうちの商人組と色々とやり取りをしていた。冒険者組も来ていたようで馬車から荷物を降ろしていた。ちなみに馬車は獣人街に置いてあり、ステップホース達は俺が泊まっている宿でくつろいでるはずだ。

「お、やっと来たか？」

「サクヤちゃんおはよー」

「おばあちゃんおはよう！」

俺達を見つけた皆から挨拶《あいさつ》をされたので挨拶を返しながらみんなのもとへ歩いていく。

「シュウ、荷物を出してくれるか？」

どうやら馬車の荷物を出し終えたようなので馬車に入り追加の荷物を出していく。サクヤちゃんとおばあさんは朝ごはんの炊《た》き出しの手伝いに行ったみたい。俺達が来るときは食料も持っていく。食事が少し豪華《ごうか》になるのでまとめて作るようになったらしい。


荷物を出し終えると今度は積込作業に変わる。普段は馬車一台分＋魔法の鞄《かばん》に少しの量しか取引はないのだが、今日は俺がいるのでいつもより多く取引をするようだ。

しまう荷物はお酒が多く、次に竜の森で手に入らない薬草類や香辛料《こうしんりょう》、量は少ないが砂糖もあるみたいだ。他にも民芸品や工芸品、生地や糸等色々ある。そうそう、孤児院で足りなくなったポーションの器《うつわ》の話をしたら明日までに少し用意してくれるとのこと。どうやら取引が上手くいって他の商会と繋がりが出来始めたらしい。これは今後の取引に期待できそうだ。

「綺麗《きれい》……」

「作るのはちょっと難しいかねぇ」

荷物をしまっているといつの間にかサクヤちゃんとおばあさんが戻ってきていて荷物を覗《のぞ》いていた。民芸品や工芸品は生産組の見本として仕入れているのだが二人はそれらを気に入ったらしい。

「あとで探しに行ってみる？」

「……行く！」

どうやらサクヤちゃんの機嫌《きげん》も直ってきたようだ。

午前中は取引に使い、午後は街中に買い物に行った。商人組は商業ギルドへ、冒険者組は冒険者ギルドに顔を出している。やはり王都は都会だけあって大通りは屋台で賑《にぎ》わい、商店街のような所もありそこも賑わっていた。

「どっかのお店に入ろうか？」

サクヤちゃんはお店を回るのを楽しみにして屋台巡《めぐ》りをしようとしたのだが、人が多すぎて少し酔《よ》ってしまったみたいなのでどこか建物に入って避難《ひなん》することにした。

そして入ったのが裏通りにある雑貨屋？　のような所。人混《ひとご》みに酔っているのに大通りの店に入っても意味がないだろうからね。入ったお店は地元の人向けのお店らしく生活雑貨が所狭《ところせま》しと並んでいた。せっかく買い物に来たのになんでこんな小さなお店に！　と思うかもしれないが、まぁサクヤちゃんが人に慣れるまではしょうがない。というかこういうお店に意外と掘《ほ》り出し物《もの》があるかもしれない！

「はい、いらっしゃい」

店内をキョロキョロと見回してると奥《おく》からおばあちゃんが出てきた。

「こんにちはー」

「こ、こんにちは……」

「はい、こんにちは」

俺達が挨拶するとおばあちゃんはニコニコしていた。同年代？　の登場におばあさんはおばあちゃんと会話を始めたのでサクヤちゃんと二人、店内を見て回ることにした。店内にある商品は日用雑貨なだけありほとんどが見たことのあるものばかりだった。ただ、竹のような物で出来たザルがあったのでそれは購入させてもらった。

「クッキーだ……」

サクヤちゃんの声でそちらに向かうと棚《たな》の端っこにクッキーとケーキが置いてあった。ケーキと言ってもクリームが載《の》ってる物ではなくスポンジだけのケーキだ。中に木の実やドライフルーツらしき物が入っているみたいで食《た》べ応《ごた》えはありそうだ。

「それはあたしの手作りだよ、買ってくかい？」

じっと見ているとおばあちゃんが一言。これはおばあちゃんが子供用に趣味《しゅみ》で作っているらしく、子供向けってことで安かったりする。

「これ、お土産に買ってこうか？」

「うん。きっと喜ぶ……！」

ということで妹ちゃんへのお土産にクッキーとケーキを買うのだった。

おばあちゃんのお店を後にし、次のお店に向かう。次のお店はおばあさんがおしゃべりの中で色々と聞き出してくれた所だ。いわゆる地元民が使う店とか穴場の店だろう。

向かったお店は生地屋、食料雑貨の店、八百屋や肉屋でフレイの町と同じじゃん、と思ったのだが仕入れ先が違うと品揃えは全然違った。そして高かった！　最初のおばあちゃんの店はそんなに値段は変わらなかったんだけど他のお店は見事に皆高い。まぁ食料品はそこまで高くはないのだが、これが都会価格なのか……。

何軒《なんけん》も店を回るとサクヤちゃんも人に慣れてきたのでいよいよ大通りへ。

「やっぱりにぎやかだね」

「人が多いね……」

多少は慣れてきたけどやっぱり人が多いので迷子にならないように、という意味も込めてサクヤちゃんやおばあさんと手を繋いで歩いていく。屋台では多種多様な物が売られているが欲しい物があるわけではないのでブラブラ冷やかしていく。

たまに気になる品物に『鑑定《かんてい》』を使ってみるのだが、特にコレといったものは見つからなかった。その代わり見慣れない野菜や果物、香辛料や調味料らしき物はいくつか見つけたので購入した。当たりの品なら大量購入したいものだ。

「いらっしゃい、いらっしゃい」

「うちの肉は美味《うま》いよ！」

「焼きたてのパンはいらないか！」

雑貨や食料品の屋台を抜《ぬ》けると食べ物の屋台エリアに突入《とつにゅう》した。色々な串焼《くしや》きや鉄板焼、煮込み料理等フレイの町や港町とも違った顔ぶれが並んでいる。基本的な味付けは塩味が多そうなのだが、時たまタレのようなものをかけたり塗《ぬ》ったりしている物もあるので辺りに良い匂《にお》いが漂《ただよ》っている。

「良い匂いだね」

「美味しそう……」

「少し食べていこうかね」

やはり出来立ての匂いには敵《かな》わず買い食いをすることに。しかし、俺、サクヤちゃん、おばあさんとそんなに食べられないので一つを三人で分けあって食べていた。変わり種のタレ味の商品は妹ちゃんやシャルちゃん含む料理組にお土産として買っておいた。

食べ物屋台を歩いていると商人組、冒険者組を見つけ合流した。二組ともギルド帰りで匂いに負けてここまできたらしい。

「俺達のおすすめは肉串《にくくし》だな！　なんでも秘伝のたれとかで美味かった！」

「私達が飲んだスープも美味しかったわよ」

「それならパンも美味しいよ。屋台なのに柔らかいパンだったし」

一緒になった俺達は食べてきた屋台の情報を出しあっていた。そして、そんな話をしたら食べたくなるのはしょうがないと思う。幸いなことに冒険者組はまだまだ食べられるというのでオススメのお店を回りつつ新しい屋台も開拓《かいたく》していった。もちろんお土産として買っていくのも忘れない。


「そういえばギルドで良いお店聞いたのよ」

「可愛《かわい》い小物のお店みたいよ？」

「サクヤちゃんも一緒に行きましょ！」

食べ歩きしていると女の子同士でおしゃべりを続けていた商人組と冒険者組女子がサクヤちゃんを買い物に誘《さそ》い出した。

「なぁ、ギルドで武器屋の場所を聞いたんだけどシュウも行かないか？」

「お前がいれば変な物買わずに済むからな！」

こちらは冒険者組男子から武器の購入のお誘いだ。俺《おれ》というより『鑑定』スキルが必要みたいだけど、確かに俺も行ってみたいと思っていた所だ。

そうなると男と女で分かれて行動するのだが、サクヤちゃんはなぜか残念そうな表情で俺を見つめていた。

「サクヤちゃん、早く行きましょ！」

引きずられるように連れていかれるサクヤちゃん。うん、女の子同士仲良くなるのは良いことだよね！


ということで、やって来ました武器屋さん。場所は冒険者ギルドに程近《ほどちか》く、王都にあるお店だけあり二階建てのしっかりした建物だ。

「ここがギルドオススメの店なの？」

「ああ、なんでもギルドと提携《ていけい》してるらしくギルド証を見せると値引きしてくれるらしい」

「その代わりギルドはこのお店の依頼《いらい》とか冒険者がギルドに売った素材とかを優遇《ゆうぐう》してもらってるって話だ」

なるほど、売ってるものも冒険者向けだしけっこう儲《もう》かりそうなお店だな。

「早く入ろうぜ」

冒険者組に急《せ》かされ俺達は店内に入った。一階は武器防具が所狭しと並んでいた。入り口には警備員らしき冒険者が立っていて話を聞いてみると万引きや冒険者による暴力行為《こうい》に目を光らせているらしい。

「じゃあまずは好きに見るか？」

「だな、良いのがあったらシュウに見てもらえばいいし」

ということで、ここで一旦《いったん》解散し各々《おのおの》が好きな武器防具を見ることになった。

俺としては特に武器を使うこともないので全体をフラフラと歩きながら見ていく。すると店の隅《すみ》にゴミかと見間違《みまちが》えるように山積みになっている武器を見つけた。以前も見つけた廃棄《はいき》寸前の品物だろう。

「掘り出し物でもないかなぁ～」

以前見つけたよく切れる剣《けん》や呪《のろ》われた物みたいなのが無いか片っ端から『鑑定』をして調べていく。すると、『魔力吸収《まりよくきゅうしゅう》』なる付与《ふよ》が付いた武器を見つけた。持ってみるとそのナイフに手から魔力が吸われていくのを感じた。

「うわっ、……これ吸われた魔力どうなるんだ？」

手を離したナイフを見ていると吸収した魔力は空気中に散っていってしまった。呪いを解いたらどうなるかわからないけど面白《おもしろ》そうだから買っちゃおう。

他に目ぼしい物が無いか探してみると、安く買える店だけあって鉄や魔鉄《まてつ》の品物が多いのだが、たまに魔法銀《ミスリル》と呼ばれる製品も見られた。これは魔鉄の上位の品で鉄よりも硬《かた》く魔力も通りやすく、性能が良いらしい。値段もそれなりにするのだが……。

他にもフレイの町ではあまり売られていない槍《やり》のような柄《つか》の長い武器が売られていた。森じゃなければリーチが長い方が有利だからだろう。ということで、長柄《ながえ》の武器もあとで購入しよう。

そんなことを考えていると冒険者組が色々と武器を選んできたようだった。

「やっぱり王都の武器屋はでかいな」

「防具も鉄の鎧《よろい》とかあったぞ」

「俺達は使わないけど見本に買っておくか？」

やはり王都の品揃えにビックリしたみたいだ。冒険者としては鎧、特に全身鎧なんかは重たすぎて使わないが見本としては良いかもしれない。まぁ、鎧の出来次第《できしだい》ではあるのだが……。ただ、胸当てや兜《かぶと》なんかは急所を守る意味で使う冒険者もいるので買っておこう。もちろん見本用に盾《たて》を買うのも忘れてはいけない。

その後は冒険者組が選んだ物を皆で見て回った。鍛冶《かじ》組の手伝いをすることもあるので大きなハズレを選ぶことなく品を選べたようで『鑑定』でも問題はなさそうだった。とはいっても選んだ物を全《すべ》て買うわけではなく見本となる物、王都の武器がどの程度の品なのかを試《ため》す用の品をいくつか買うだけにした。もう少しお金に余裕《よゆう》があれば魔法銀《ミスリル》の武器が欲しいんだけどなあ。

次に向かったのは二階。ここには冒険者が使う武器防具以外の品が売られていた。例えば鞄やテント、灯《あか》りに保存食、薬やポーション等フレイの町とは品数が違いすぎてどこから見れば良いのかわからないくらいだ。

「すごい広いな」

「えっと、どうする？」

「さっきと一緒で各自で見てあとで報告で良いんじゃないか？」

ということでバラけて見物することになった。俺が最初に向かったのは保存食のコーナー。俺はアイテムボックスがあるからいいが、冒険者組は保存食を食べることが多い。魔法の鞄のおかげで荷物を多く持っていくことは出来るのだが、時間経過は止められないので美味しい非常食があれば俺達にとって良いことだろう。少なくとも料理組のお土産になるしね。

「シュウ！　これ、お前でも作れるか？」

保存食を見ていると声をかけられたのでそこへ行ってみた。そこにはアクセサリーの類《たぐ》いが置いてあった。指輪やら腕輪《うでわ》やら首飾《くびかざ》りやらだ。「何でこんな所に？」と思っていたら冒険者組が教えてくれた。

「これはな、色んな付与が付いてんだよ。防具と違って取《と》り替《か》えやすいから便利なんだって」

彼《かれ》も先輩冒険者《せんぱいぼうけんしゃ》から聞いたらしいのだが、普段から身に着ける防具には身体強化系の付与を付けて、耐性《たいせい》系、例えば毒耐性や各種魔法耐性なんかは依頼に合わせて交換《こうかん》するんだとか。

「一応付与は出来ると思うよ。何に何の付与を付けるかは考えないとだけどね」

「おっし、出来るのか！　ちょっと高いから買うの難しかったんだよな」

小物とはいえ付与が付いているのでそこそこの値段がする。これを複数持つとなると確かに大変だ。

「作ったものと比べる為《ため》にも少し買っといた方が良いかもね」

「そうだな、なら俺が選んどくよ」

冒険者《ぼうけんしゃ》組の子がそう言ってくれたのでお任せすることに。それからも冒険者組と色々と見て回った。暑さや寒さに強いテントや魔物避《まものよ》けの効果のあるランタン等ただの道具から、便利な魔《ま》道具が豊富に置いてあるので時間を忘れて楽しんでしまった。


獣人街《じゅうじんがい》に戻るとクイーン達は満足そうにしていた。どうやら獣人街の冒険者達《ぼうけんしゃたち》と狩りに行っていたみたいだ。獲物《えもの》は弱かったかもしれないが走り回れて満足したらしい。ミュウは何やら兎《うさぎ》族の冒険者と走り方について討論？　していて何度も走って止まってを繰《く》り返《かえ》していた。

女の子達はすでに帰ってきていたようですでに夜ご飯の支度をしていた。彼女達《かのじょたち》が何を買ったのかはわからないがお互《たが》いに報告しあった方がいいだろう。


そんなこんなで王都での取引を終わらせると俺達は港町へと戻ることになった。泊まっていた宿が別々だったので帰りの馬車の中でお互い買った物の報告をした。おばあさんが一緒というのもあるかもしれないが、女の子の集団なので可愛い小物やら綺麗な布や洋服なんかを買っていた。

帰りは特に何もなく無事に港町に到着《とうちゃく》した。

まだ孤児院予定地は見えていないのにどこからともなく妹ちゃんが現れて抱きついてきた。

「おに～ちゃ～ん！」

サクヤちゃんも妹ちゃんに気付いて嬉しそうだ。

そのまま妹ちゃんと一緒に進むと砂浜の向こう、海の上に不思議な光景が広がっていた。なぜかうちの子兎達《こうさぎたち》が海の上に立って（浮《う》いて？）いたのだ。

「なあ、あの兎達《うさぎたち》海にいないか？」

「あぁ、なぜか沈《しず》んでないな」

「ミユウ、何か知ってる？」

馬車の皆が不思議がるが、誰《だれ》も理由がわからない。ミユウも「キユウ？」と首をかしげるだけ。妹ちゃんなら知ってるかと思ったが俺とサクヤちゃんの間でいつの間にか寝ていたので聞くに聞けなかった。ならば、他の子に聞こうと思ったら「ちょっと聞いてくる！」とばかりにミユウが子兎達に向かって走っていってしまった。そして、ミユウはそのまま海の上を走り出したのであった。

「ミユウ⁉」

驚く俺達を気にすることもなくミュウは子兎《こうさぎ》の所、波打《なみう》ち際《ぎわ》から五十メートル程離《ほどはな》れた所にたどり着いた。そして、止まると同時に「ドボンッ」という音と共に水飛沫《みずしぶき》を上げながら海に沈んでしまった……。

「「「ミュウーーーー！」」」

海に沈んだミュウを助けようと慌《あわ》てた俺達だったが、「キュウッ！」とひょっこり海から顔を出した。どうやら無事だったようだ。ホッと一息つくとミュウの側に子兎達が近寄り何かを話したと思ったらミュウがこちらに向かって泳ぎだした。

「ミュウ大丈夫か？」

「キュイ！」

浜辺にたどり着いたミュウは身体をブルブルふるわせ水を飛ばすと元気に鳴いた。

今の海を走ったことを聞くとスキルではなく自力で走ったらしい。少し前に兎族の冒険者に教えてもらった走り方にヒントを得たようだ。

それとは別に子兎のことも確認《かくにん》したら子亀《こがめ》の上に乗っているだけらしい。仲良くなったから散歩？　してたんだって。

「ウォン！」「「「ワフッ！」」」

子兎達の謎《なぞ》が解けたと思ったらクイーン達が海に向かって走り出した。何かと思って見ているとそのまま海に飛び込んでいった。しかし、びしょ濡れになったクイーン達はしょんぼりしながらすぐに戻ってきた。

「クイーン、何やってるの？」

俺がクイーンに聞くと
「クゥ〜ン……」

との答え。海を走ったミュウに対抗《たいこう》意識を燃やして負けじと挑《いど》んだが失敗したらしい。ミュウに聞いて『鑑定』でも調べたが、これはスキルじゃないのでクイーン達が走れるかどうかは謎だと思う。


「おにいちゃん、あたしもやりたい！」

いつの間にか起きていた妹ちゃんが自分も挑戦《ちょうせん》したいと言ってきた。子亀達も泳いでるし、漁師さんに聞いたかぎりこの辺りにモンスターは出ないらしいので海に入るのは大丈夫だと思うのだが、服のまま入るのはちょっと難しいと思う。

「ふふふっ、シュウ、こんなこともあろうかと良い物があるわよ！」

俺と妹ちゃんの会話を見ていた商人組の女の子達が何かを取り出して来た。それは『水着』だった。

「これは王都で買った水中用装備よ！　港町にいるんだから必要でしょ？」

水中用装備？　もしかしてこの世界には水着って言葉は無いのかな？　しかし、水中用装備か……、確かに必要だと思うけど買ってきた水着は機能よりも見た目に力を入れている気がする。というかこの港町にも売ってるんじゃないのかな？

「ちなみにこれは女の子用で男用はここで買ったやつね！」

と、取り出したのは全身ピッチリした水着？　だった。確かにこれは女の子が着るには辛《つら》いと思う。見た目のわりに性能も良いらしいのでその時は納得《なっとく》したのだが、馬車の中で買ったことを聞かなかった水着の値段を聞いて卒倒仕掛《そっとうしか》けたのはしょうがないと思う。そのお金があれば魔法銀《ミスリル》の武器がいくつ買えたことか……。

「じゃあ、あれに着替《きが》えたら海に行って良いよ」

そう言うと妹ちゃんだけではなく他の女の子達《たち》も一緒に着替えに行ってしまった。さすがに女の子だけでは何かあると怖《こわ》いので冒険者組の子達にも一緒に海に行ってくれるようにお願いした。さすがに全身ピッチリの水着は嫌《いや》だったのでズボンに上半身裸《はだか》という姿になった。

商人組が言うように裁縫《さいほう》組に水着作りも頼《たの》まないといけないかもしれないな。まぁ、漁師さん達はそんな水着を着ていないから男にはいらないかもしれないけどね。

「さくやちゃん、いこ！」

いち早く着替えた妹ちゃんが焦《あせ》るサクヤちゃんを連れて飛び出してきた。妹ちゃんもサクヤちゃんも水着はちゃんと着れたようで元気に走っているが準備運動はしたのかな？

（ドボーン）

なんて思う間もなく妹ちゃんは海に突撃《とつげき》していた。

「つべたーい！」

その後も妹ちゃんはサクヤちゃんの手を引き海への突撃を繰り返して遊んでいた。最初は浜辺にモンスターが来ないか心配していたがシーキャットや小亀に子兎達が普段《ふだん》から警戒《けいかい》してくれてたらしくあまりこの辺りには寄ってこなくなったらしい。今はクイーン達も海の上を走る練習をしながら警戒してくれているので安心だろう。

少しすると着替え終わった子達が来て妹ちゃん達と遊び始めた。元々川なんかで水遊びはしていたのだが、海水を顔に受けると皆《みな》しょっぱさに驚いていた。

そうやって「ワーワー」「キャーキャー」と遊んでいると、どこからともなくクルスくんがやって来ていつの間にか一緒に遊んでいた。

妹ちゃん達が遊んでいるのをのんびり眺《なが》めていると港町孤児院の子供達が羨《うらや》ましそうに見ていることに気付いた。

「よかったら一緒に遊ぶ？」

彼らに近づいて聞くと、

「でも、お仕事しないと……」

「お手伝いやらないと……」

と、どうやら干物《ひもの》作《づく》りの途中《とちゅう》で見ていたので仕事も気になっているようだ。子供達的には働かないとご飯が食べられない、みたいな気持ちなのだろうが子供なら遊ぶことも必要なはず。さすがに全員が遊ぶのは難しいだろうけど、順番に遊ぶのは問題ないだろう。仕事をサボって遊んでる！　と思われてはいけないので干物作りの責任者、というかまとめ役の子に話は通しておく。

まとめ役の子も無理に働かせるつもりはないらしく、遊ぶ許可は貰《もら》えた。というか、子供の数が多くて働く子供が余り気味らしいので大きい子供中心に働くようにするらしい。その大きい子達も順番で遊ばせるつもりらしいが……。


さすがに全員分は無いので小さい子供達はパンツ一丁で遊びだしたのだが、それでも海で遊ばない子供達もいた。よく見ると猫《ねこ》姉妹も羨ましそうにしているが海には入っていなかった。

「皆と一緒《いっしょ》に遊ばないの？」

「海に入るのは怖いにゃ」

「でも、楽しそうにゃ……」

あ～、確かに猫は水が苦手だっけ。いや、うちの妹ちゃんは普通《ふつう》に遊んでるな。まぁ、苦手なら別の遊びを教えるだけだ。

「ならこっちで皆で遊ぼっか」

海で遊べない子達を誘い砂浜《すなはま》の波が届かない所へ移動した。それからスコップや桶《おけ》を取り出すと皆に手伝ってもらい砂山を作った。

「何するの～？」

「おっきなお山作るの～？」

「違《ちが》うよ、今からお城を作ります！」

子供達は「？？？」な顔をしていたのでザックリと形を作ると何となくわかったのか城作りに参加し出した。さすがに全員が集まると作り辛いのでいくつか山を作り数人ずつに分かれて遊んでもらった。人数が多いので木片《もくへん》をヘラの代わりに使ってもらった。

完成した城は統一性のない様々な形をしていた。皆本物のお城を見たことがないので想像でつくったらしい。そういえば俺も日本の城は見たことがあるけど外国のお城は見たことがなかったな。

完成した城を見ていると一つ完成度の高い物があった。なぜか参加していた大工組の作品らしい。休憩《きゆうけい》中に気付いて良い気分転換《てんかん》になると喜んでいた。いつの間にか妹ちゃん達も交ざっていて結局海で遊んでいた子も交ざって遊んでいた。

そんな海遊びや干物作りの仕事を繰り返しながら孤児院《こじいん》作りも進めていた。海遊びではクルスくんが波にさらわれたり砂の城を壊《こわ》して砂に埋まって大変だったりしたがそれ以外、子供達は楽しそうに過ごしていた。

一月《ひとつき》も経《た》つ頃《ころ》に港町孤児院は完成した。途中で子供達の人数が増えて増築するハプニングがあり、危《あや》うく資材が足りなくなるところだったが、部屋数優先の立派な建物だ。

子供達も自分達の家が出来たと大喜びだ。

しかし、喜んでばかりもいられない。フレイの町ならば冒険者になるという最低限の道があるがこの港町では難しい。子供達が自立出来る何かを一緒に探していかなければ。そう、俺達が孤児院運営で苦労するのはこれからが本番なのであった……。

あとがき

皆さんお久しぶりです、安藤正樹です。

この度は『孤児院テイマー』三巻をお買い上げいただき、ありがとうございます。このご時世、いろいろありましたが、なんとか無事に発売までこぎつけました。

幸か不幸か三巻発売でデビュー一周年となりました。ホビージャパン様やいつも素晴らしいイラストを描いてくださるイシバシヨウスケさま、そして、本作を購入していただいた皆様のおかげです、ありがとうございます。

また、5月27日には『孤児院テイマー』のコミカライズも発売になります。こちらは倉崎もろこ様が、とにかく可愛い「妹ちゃん」を描いてくださってますので、小説とは一味違う『孤児院テイマー』を楽しめるかと！　是非合わせて購入いただければ幸いです。

最後に改めてイシバシヨウスケ様、今回も、とても楽しそうなイラストをありがとうございました。そして担当様、校正者様印刷所様、コミックファイア編集部様をはじめホビージャパンの皆々様、この本の出版に関わってくださった、全ての皆様にも感謝を。

それではみなさん、是非とも四巻でお逢いしましょう！

HJ NOVELS
HJN40-03

孤児院テイマー 3

2020年5月23日　初版発行

著者――安藤正樹

発行者―松下大介
発行所―株式会社ホビージャパン
〒151-0053
東京都渋谷区代々木2-15-8
電話　03(5304)7604（編集）
03(5304)9112（営業）

印刷所――大日本印刷株式会社

装丁――AFTERGLOW／株式会社エストール

Printed in Japan

ISBN978-4-7986-2148-7　C0076

ファンレター、作品のご感想お待ちしております
〒151－0053　東京都渋谷区代々木2－15－8
(株)ホビージャパン HJノベルス編集部 気付
安藤正樹 先生／イシバシヨウスケ 先生